读者
DUZHE

读者杂志社　编

愿所有美好如期而至

读者出版社

图书在版编目（CIP）数据

愿所有美好，如期而至 / 读者杂志社编. -- 兰州：读者出版社，2024. 9. -- ISBN 978-7-5527-0828-8

Ⅰ．I267

中国国家版本馆CIP数据核字第2024F60F61号

愿所有美好，如期而至
读者杂志社　编

总 策 划　宁　恢
策划编辑　毛新雯　樊又菲　王　丹
责任编辑　王宇娇
封面设计　张月明
版式设计　甘肃·印迹

出版发行　读者出版社
地　　址　兰州市城关区读者大道568号(730030)
邮　　箱　readerpress@163.com
电　　话　0931-2131529(编辑部)　0931-2131507(发行部)

印　　刷　天津鸿彬印刷有限公司
规　　格　开本880毫米×1230毫米　1/32
　　　　　印张7　字数180千
版　　次　2024年9月第1版
　　　　　2024年9月第1次印刷
书　　号　ISBN 978-7-5527-0828-8
定　　价　58.00元

如发现印装质量问题，影响阅读，请与出版社联系调换。

本书所有内容经作者同意授权，并许可使用。
未经同意，不得以任何形式复制。

目录

壹　处世篇

"佛系青年"的失败人生 / 岑　嵘　　003

四壁雪 / 羽清雪　　005

一辈子两件事 / 武宝生　　007

三分生 / 郭华悦　　009

爱人者仁 / 马　德　　011

唐僧师徒的生活经验 / 闫　晗　　013

绕一条比较远的路 / 徐国能　　015

充盈强大的爱力 / 张　炜　　017

"社恐"的福利 / 青　丝　　019

清浅的快乐 / 王永清　　021

谋生与乐生 / 梁丽娜　　023

美丽的坚持 / 徐　新　　025

永远有利息在人间 / 陈鲁民　　027

离　念 / 冯　唐　　029

让有些话穿耳而过 / 段奇清　　031

戒目食 / 郭华悦　　033

贰　生活篇

鲜　活 / 草　予　　037

生活的次序 / 陈　刚　　039

泥沙俱下的生活 / 毕淑敏　　　　　　　　041

破罐子里的生机 / 明前茶　　　　　　　　043

身体里装满了音符 / 麦淇琳　　　　　　　046

听见花儿的呼吸 / 水 唇　　　　　　　　048

厨房的故事 / 徐国能　　　　　　　　　　050

庭　训 / 黎武静　　　　　　　　　　　　052

仓促地到了中年 / 汪国真　　　　　　　　054

你的生活风格决定你的困境
　/ [奥地利] 阿尔弗雷德·阿德勒　　　　057

猎笋人 / 蒋芳仪　　　　　　　　　　　　059

半如儿女半风云 / 林 曦　　　　　　　　062

在云里，安顿自己 / 谁最中国　　　　　　064

亲爱的空白 / 朱成玉　　　　　　　　　　066

花　酿 / 陆苏　　　　　　　　　　　　　069

靠山靠水靠自己 / 沈岳明　　　　　　　　071

数晨夕 / 杨无锐　　　　　　　　　　　　073

夏天的质地 / 谁最中国　　　　　　　　　075

给今天起一个好名字 / 祝 勇　　　　　　077

叁　成长篇

大　气 / 简 媜　　　　　　　　　　　　081

大　地 / [捷克] 卡雷尔·恰佩克　　　　　083

奇迹在坚持中 / 曹卫华　　　　　　085

干净的容颜 / 罗　西　　　　　　087

攀岩者 / 郁喆隽　　　　　　　　089

只看半场电影 / 李筱懿　　　　　091

所学都忘掉 / 何　帆　　　　　　093

纷繁的求生 / 华　姿　　　　　　095

从控制思维到赋能思维 / 程　驿　097

真正的领导力是做自己 / 万维钢　099

坐网与耐烦 / 陆小鹿　　　　　　102

持　盈 / 郭华悦　　　　　　　　104

内心如瓷 / 李丹崖　　　　　　　106

方寸乾坤 / 林清玄　　　　　　　108

爱的盛宴 / 张丽钧　　　　　　　110

日月星宿也连成一线 / 张小娴　　112

蚕与蜘蛛 / 黄永武　　　　　　　114

父亲赠我的座右铭 / 黄大能　　　116

人的有限性 / 罗　翔　　　　　　118

肆　人生篇

半称心 / 孙道荣　　　　　　　　123

对一朵花微笑 / 刘亮程　　　　　126

生活原本没有痛苦 / 马　德　　　128

人生如诗 / 林语堂　　　　　　　　130

万物的心 / 林清玄　　　　　　　　132

人生的意义与价值 / 季羡林　　　　134

珍重身上衣 / 铁　凝　　　　　　　136

时　光 / 冯骥才　　　　　　　　　138

别人的鞋子 / [新加坡]尤　今　　　140

我总能遇到一些可爱的人 / 林语尘　142

再聪明，也比不过真正热爱 / 郝景芳　145

此戏经年 / 葛　亮　　　　　　　　148

体验无聊 / 郁喆隽　　　　　　　　150

人生需要陌生感 / 张二冬　　　　　152

站在烦恼里仰望幸福 / 马　德　　　154

别被淹没 / 星　竹　　　　　　　　156

不靠此维生 / 明前茶　　　　　　　158

一生里的某一刻 / 张　春　　　　　160

爱是活的希望 / 果　果　　　　　　162

伍　情感篇

古代妈妈的一封信 / 杨　暖　　　　165

朋友之树 / [阿根廷]博尔赫斯　　　167

人不是玉 / 潘向黎　　　　　　　　169

千里井不反唾 / 黄永武　　　　　　171

漫长的告别 / 马海霞	173
母亲的食物 / 赵 瑜	176
不想，才是大敬 / ［新加坡］尤 今	180
苹果笺 / 肖复兴	182
后背的孤独 / 陈 仓	184
爱情，一场勇敢者的游戏 / 沈奕斐	188
你就是他 / 狮 心	190
要多少爱才能换回安全感 / 陈艳涛	193
谁多看了你一眼 / 南在南方	196
三生有幸，四时相守 / 王立群	198
我知道你会来，所以我等 / 沙 言	201
爱是相信 / 罗 翔	204
什么才是优质的婚姻 / 刘 璐	206
饭菜凉了 / 曾 颖	210
返乡前和离家后的那一刻 / 张佳玮	213

壹 処世篇

| 壹 | 处世篇 |

"佛系青年"的失败人生

岑嵘/文

20世纪70年代中期，35岁的商人艾利奥特事业成功，然而很不幸，他不断感到头疼，以致无法集中注意力。他去医院检查之后，医生发现一个如小橙子大小的肿瘤压迫着他的额叶。

去除肿瘤的手术非常成功，尽管手术过程中连带去除了一些健康的额叶组织，但艾利奥特的智力、运动技能和使用语言的能力都没有受到损害。可是接下来，艾利奥特的事业急转直下。

当神经学家安东尼奥·达马西奥在艾奥瓦大学遇到他时，这位昔日的成功人士正在试图恢复他的残疾人福利。福利之所以被取消，是因为所有医生都认为他的自理能力、精神状况和身体运动能力都完好无损，显然，他不过是在"装病"。

达马西奥深入检查了艾利奥特的身心状况，发现他的心理和个性测试也一切如常，可以说，眼前这个"病人"是个风趣、讨人喜欢和健谈的人。不过达马西奥还是发现了不同寻常之处："病人"的情绪总是很稳定，从不悲伤、生气、恐惧，也不焦虑，更没有不耐烦。

也就是说，这个年轻的商人成了地地道道的"佛系青年"，不悲不喜，不憎不恨。那为何这种超然的态度会导致失败的人生？

艾利奥特一连串失败的原因正是在于这种没有波动的情绪。情绪是我们从环境和过往经验中学习时提高效率的工具，拥有情感的人是比没有情感的人更有效率的学习者。

从神经学的角度来看，情绪有助于形成内部的奖惩制度，使大脑能够选择有利的行为。从经济学的角度来看，情绪可以为我们提供一种基本货币的价值标准，从而对各种可能的选择进行成本效益分析。

拿艾利奥特来说，当他没有恐惧感时，他就不能迅速规避风险。假如艾利奥特的一个决策导致了他的损失，当他再次遇到相同的情境时，他可能重复犯错。

没有情绪并不能让我们变得更理性，因为情绪是我们对待日常事务和决策的主要反馈机制。喜爱、厌恶、同情、嫉妒、愤怒、焦虑、喜悦、悲伤和尴尬，都在告诉我们一些关于我们所处环境的事情，并且还告诉我们该如何改变自己的行为。

我们总是错误地认为，那些商业高手没有情绪，事实上，他们往往拥有更强烈的情绪，他们更有野心，只是他们会隐藏情绪不外露罢了。英国《经济学人》杂志说："在中国和日本，商业谈判过程中对手好像睡着了的情况并不鲜见，但微闭双眼很可能是一种专注的标志。"《经济学人》告诫说，千万别被眼前的表象给欺骗了。

四壁雪

羽清雪 / 文

古时苏东坡曾有一间雪堂,绘雪于四壁之上,这是文人的一分雅致。我也有小屋一间,四壁如雪,不曾装饰瓷砖或实木,虽异曲同工,但到了咱这里,其实只是懒人的闲致。于是,一人一屋,持本来面目,素面相对。

时间愈久,愈爱这一室虚白,像画面上的大片留白,情味隽永。世界至繁,天地至简,这小小一室,容得下一个人的万千思绪。坐在这简单的四壁之间,无琐事之繁,独品一刻之闲。

我们需要的生活,其实比想象的更加简单,所谓"良田万顷,日食一升;广厦千间,夜眠七尺"。身无长物,是一种让人羡慕的状态。也许我们本来就无须为太多的念头埋单,美丽的风景,看过就好。

庞杂的愿望中往往夹杂着太多的奢想,付账时常常随着别人的风向,有时忘了自己的初衷。

加法生活里充满太多多余的对比和向往,不如试试减法生活,如这四壁白雪,保留天生的一点天真和质朴。放轻松,抛开重负,世界还是一样美好。

没有什么不能舍弃的追逐,没有什么不能停下的疾驰。我们需要一个小小的角落,简单而宁静,可以放松自己;我们需要一段留给自己的时间,想一些事情,过去的或者未来的。也可以什么都不想,只是静静地坐在这里,发一会儿呆,便觉得无限美好。

四壁雪,澄静一刻时光。

一辈子两件事

武宝生 / 文

有人说，人一辈子只做三件事：自己的事，他人的事，老天爷的事。

我认为，人一辈子只做两件事：饿了吃饭，困了睡觉。

因为，人一辈子能把饭吃得很香，把觉睡得很甜，确实是不容易的事。

年轻时，林清玄因为失恋而痛苦不堪，吃饭不香，睡觉不甜。

禅师告诉他："人，需要修炼。"

林清玄问："怎么修炼啊？"

禅师说："饿了吃饭，困了睡觉。"

林清玄反问："难道吃饭、睡觉也得修炼吗？"

禅师说："同样是吃饭，同样是睡觉，却有不一样的结果。凡人吃饭时，左顾右盼，想这想那，千般计较，万般思虑；睡觉时，颠倒梦寐，梦这梦那，思绪万千。修行者，吃饭就是吃饭，睡觉就是睡觉，别无他念啊！"

"可是，怎么才能做到'饿了吃饭，困了睡觉'呢？"

"你不能左右天气，但你可以改变心情；你不能改变容貌，但你可以展现笑容。"禅师说："求人不如求己，求己不如求心！心，应该是一池清水。心水清澈了，山鸟花树映在水面上才是美丽的。那样，日日是好日，夜夜是清宵，处处是福地，法法是善法，就没有什么可迷惑、污浊我们的了。"

林清玄陡然开悟。

梁漱溟也说过，人一辈子首先要解决人与物的关系，再解决人与人的关系，最后要解决人与自己的关系。只是，最后一条最难。

在人的一生中，会遇到许许多多的人和事，有些是必需的，而有些是完全用不着的，比如名利、贪心、虚荣、嫉妒、仇恨等。这些，都是负担，应该果断地删除它！就像电脑中的垃圾文件、错误信息一样，及时删除，操作才能顺利进行。人生，就是一步一步走，一点一点扔。走出来的是路，扔掉的是包袱。这样，路就会越走越长，心就会越走越静。

三分生

郭华悦 / 文

戏要常带三分生，这"三分生"指心理层面的"生"。就技巧而言，唱戏自然得学到十分熟。熟能生巧，巧而生悟。但若一个人总是认为自己已经学到十分，闭着眼也能完美无瑕地走完整个表演流程，那就容易因自满而缺乏上进心。久而久之，惰性渐深，便麻木而无所悟，技艺难有寸进。好的文章，也得带着三分生。

要写出好的文章，需要长年不辍地练好驾驭文字的基本功。有十分熟的技巧，才能下笔如有神。除此之外，还得留出三分生的余地。有这三分生，作者才不至于流于虚骄自满而难以再续；也因为有这三分生，在文章中留出了空间，不至于因自大封闭而无法引起读者的共鸣。技巧十分熟，下笔留三分。这三分留在心间，也就有了日后的更进一步。

为人处世，亦得留三分。一个人，不管在哪个方向走得再远，心间也得留着三分生。十分熟的专业，是努力的结果；三分生的警醒，是为日后有更进一步的空间。缺了这三分，人便容易因惰性和麻木而落后。

与人相处，三分的空间至关重要。人太熟了，容易因知根知底而忽略对方的感受，失了分寸，视一切不宜为理所当然。哪怕熟人，心间长存三分生，才不会熟视无睹，才能时时刻刻关注对方的感受，倾听对方的心声，这样的关系才能长久。

三分生，讲的是戏，亦是人生。

爱人者仁

马 德/文

早年间，单位有个锅炉工，三十几岁的样子，一天到晚，也见不到他说几句话。

我每天打饭，都会路过他住的宿舍。屋里除了一张床，还立着一张画板，画板上偶有他没画完的山水画。略显破旧的屋子，被他收拾得井井有条。

听说他还没有成家，又说他的经历很坎坷。烧锅炉的时候，他常对着炉口红红的火焰安静地坐着，要么就拿把口琴，呜呜地吹。

有一次我们出去吃饭，老林要喊他同去。对于这个邀约，大家和那位锅炉工都感觉很突然。饭桌上，我们为他斟酒，他说喝不惯我们拿去的酒，只喝他自己带去的那半瓶二锅头。老林说，他也爱喝这个味儿。最后，同是一桌酒，他们俩竟然另起炉灶，喝在了一起。后来，我们又出去吃了几次饭，老林开始跟锅炉工称兄道弟。据说，锅炉工要送老林一幅画，还认真地画了很久。结果有一天，锅炉工突然辞职走了，没留下一句话。

老林在单位里，是出了名的怜贫惜弱。他连鱼和鸡都不敢杀。

大家都取笑他，说他这样的男人，放在金庸先生的《射雕英雄传》里，堪比杨康的母亲包惜弱。人们笑他，老林也不怎么反驳，实在招架不住，就搬出那句"仁者，爱人"来，一边说一边朝大家拱手。

人世间，熟悉的人之间发生的事，大多是不经推敲的；而跟素昧平生的人往来，最容易看出一个人的心。因为跟锅炉工的那段交往，我喜欢老林，便从不笑他。

《红楼梦》中，刘姥姥进了荣国府，和外孙板儿走到荣国府大门石狮子前，见簇簇的轿马，又见几个挺胸叠肚、指手画脚的人，正坐在大板凳上说东道西。刘姥姥凑上来问："太爷们纳福。"众人打量了她一会儿，便问从哪里来。刘姥姥赔笑道："我找太太的陪房周大爷的，烦哪位太爷替我请他老出来。"那些人听了，都不睬她，半日方说道："你远远地在那墙角下等着，一会子他们家有人就出来的。"其中有一老年人说道："不要误她的事，何苦耍她！"又向刘姥姥道："那周大爷已往南边去了。他在后一带住着，他娘子却在家。你要找时，从这边绕到后街上，后门上去问就是了。"

《红楼梦》写了近千个人物，有名有姓的有七百多个。前文那位不愿戏耍刘姥姥的老年人，在小说中并没有名字。然而，我总是记着他。

唐僧师徒的生活经验

闫晗/文

《西游记》写的虽然是神仙妖怪的故事,但有些细节非常接地气,充满生活智慧。

有一回,观音菩萨的金鱼变成的灵感大王施法让通天河结了冰,为了看冰厚不厚,猪八戒先用钉耙戳了下。确认冰足够厚,孙悟空正要从冰上走过去时,猪八戒提了些建议:把九环锡杖横过来拿着,这样,即使脚下的冰破了,也不至于整个人掉下去,马蹄子也要裹上稻草,不容易打滑。这让孙悟空十分佩服:这呆子倒是个积年走冰的!

孙悟空的生活经验也很令人叹服。

隐雾山上,花皮豹子精南山大王逮住唐僧,孙悟空上门叫骂时,妖怪们谎称唐僧已经被吃掉了。孙悟空不相信,表示要看证据,小妖没办法,扔了个染血的柳树根,谎称是唐僧的脑袋,孙悟空一下识破,因为人头落地的声音不是这样的。

在灭法国那一回,唐僧师徒听说灭法国国王发誓要杀掉一万个和尚,为保险起见,他们化装成贩马的商人,由孙悟空出面张罗住店的事情。

老板娘赵寡妇让人抬轿子去院中请小娘子陪他们几个商人,孙悟空拒绝了,理由是一则那日斋戒,二则兄弟们未到。索性明日进来,一家人一起请。寡妇直道:"好人,好人!又不失了和气,又养了精神。"

想来孙悟空当年游历四方时学了不少人情世故,这番与店家打交道时随机应变的本领,不逊于《水浒传》里求见李师师的燕青。

在女儿国时,唐僧喝了落胎泉的水,孙悟空还嘱咐说:"师父啊,切莫出风地里去。怕人子,一时冒了风,弄做个产后之疾。"一个猴子居然知道产妇月子里怕见风,懂的还真多。

不过,他也有不通人情世故的时候,听说红孩儿是五百年前结拜大哥牛魔王的儿子,便觉得人家一定会给他这个面子,把唐僧放了。倒是在天庭做过"公务员"的沙僧一语道破:"哥啊,三年不上门,当亲也不亲。"

相比之下,唐僧就显得不通人情世故,说起话来十分"毒舌"。一次,悟空问:"师父,这寺里谁进去借宿?"唐僧回答:"我进去,你们的嘴脸丑陋,言语粗疏,性刚气傲,倘冲撞了本处僧人,不容借宿,反为不美。"从颜值、情商、性格全方位怼了三个徒弟。

孙悟空只能回一句:"既如此,请师父进去,不必多言。"

| 壹 | 处世篇 |

绕一条比较远的路

徐国能 / 文

前些日子看了一部极有趣的电影，影片中有发人深省之语。有句话这样说："当你眼前有两条路时，要选择困难的那一条。"这话表面上违背人性与常理，但深思后则觉得其中真有另外一番智慧。

我曾听过一场有关经济学原理的演讲，演讲者是一位著名经济学家，他很有信心地表示："世界上的一切行为，都可以用经济学来解释。譬如，我们每天出门回家，几乎都走同一条路，那就是因为，人们都在避免因为另一条路的陌生所带来的风险，以及要去探索一条新路径所要付出的时间与精神成本。"我听了深以为然。

不过，话虽如此，有时我还是喜欢绕一条平常不走且距离比较远的路。

避开了熟悉的红绿灯，避开了必然经过的那几家小店，一条比较远的路引领着我浏览另一种风景。说是风景，其实在都市，街巷的样子都大同小异。不过绕一条远路，就能换一种心情，就是刻意让自己去承担经济学家最担心的"风险"，就是很奢侈地浪费经济学家十分在意的"成本"。

于是，我便像一个大富翁般享受着人间的浮华，不计较能否盈利。有了这样的心情，土土的楼房好像活泼了一些，水泥墙也有了一些风情，如果能在这条路上遇见一棵上了年纪的榕树，或是听见某户人家传出悠扬的琴声，那就算收获一笔意外之财了。

　　去选择一条最困难的道路，这或许需要一些情怀与勇气，然而能在平凡的日子经常悠闲地绕一条比较远的路回家，那不啻是一种福缘，更需要看透人世的深智广慧。

| 壹 | 处世篇

充盈强大的爱力

张 炜/文

一个人如果没有爱力，如何融入自然，又如何保持不绝的深情？这样的人对世界必定是麻木无感的，也无所谓责任。这样的人只能是一个虚假的入世者，一个为口腹之欲奔波的人。勇气也源于爱，这种爱是广泛而具体的，弥漫和渗透于一切方面。爱与深刻的好奇有关，但也有所不同。爱是沉浸和迷恋，也是强大欲念的推动，不过它是良性的，与贪婪和攫取有天壤之别。这种欲望只拥有而不攫取，是生理、心理、精神这三重境界的结合，天性如此，后天难以改变和弥补。这种爱力可以经受无数关口磨砺而不会虚脱和变质，在一些具体而微小的表达中如数显现，深入而不虚浮，务实而不超然。这种爱力作用于官场、友人及爱人之中，全都一样深沉。其实这不过是仁心的一种，是强大生命力的一次次表达。所以古往今来，有大作为者都有强大的爱力在内部支持，这是一种广泛而深入的、持久的、绵绵不绝的能量。冷漠便常常是缺乏爱力的表征，没有热情，没有怜悯，连哀伤都是渺小的。

我们看到一个人欣欣而来，两眼明亮，这个人就是苏东坡。他对人对事有无限的兴趣、无尽的探究心，他想安慰所有的人，自己也不愿寂寥。他知道孤独意味着什么，除非在特殊的时刻，他不愿孤身一人。记忆中的爱与被爱太多了，它们就在此刻、在昨天。近在咫尺的是一朵花、一条溪，是雨中牡丹、月下海棠，是南堂新瓦、东坞荷香，是无数活泼有趣的生命。他想抚摸它们、拥有它们，也想为对方付出一切。我们常常感到不解的是，这个人的精力为何如此充沛？热情为何如此盛大？他在不停地吟唱、记录和赠予。他偕同许多人一起忙碌，又一个人入迷地打造；他即便在病痛时，也设法以玩笑来化解，以幽默来宽慰他人。西方哲人所说的"我思故我在"，在苏东坡这里可以改为"我爱故我在"。他的爱无处不在，既广大弥漫，又具体实在，有异性，有同伴，有草木砖石，有诗画音乐，一切事物皆可看出美好，皆可引以为用。

他愿意在一切可能的地方施以援手，也愿意在许多时候倾心尽力。他实在是一个千古罕见的情种。但他不是一个狭隘俗腻的风流人士，不是一个寻觅尤物的贪婪猎手，而是一个依恋万物、享受万物，并愿意为之陶醉和付出的人。

"社恐"的福利

青丝/文

西班牙一个患有社交恐惧症的妇女为了避免跟人打交道，假扮盲人，时隔28年才被识破。看到这则新闻的瞬间，我自动"脑补"了许多细节：有人以为她看不见，流露出厌恶、嫌弃的神情，或以次充好、偷偷把劣质商品卖给她，她只能假装什么都没看见——类似的片段肯定会让她有一种人生如戏的深刻感受。

在"社恐"这个词流行之前，我一直没意识到自己也有社交恐惧症，反而以为喜欢独处是一种礼物，可以不受社交关系的干扰，让自己处在一个更客观的角度看清事物的真相。英国利物浦约翰摩尔斯大学文化史教授乔·莫兰在《羞涩的潜在优势》里就认为，有社交尴尬和社交焦虑的人更容易成为业余人类学家，因为这一类人更善于观察。

回想起来，一切早有征兆。我幼时最喜欢看《鲁滨孙漂流记》，常幻想自己能像鲁滨孙那样独自在一个荒岛上生活，还与小伙伴互相编故事糊弄对方。我杜撰过有人不小心在荒野一脚踏空，掉入地底深处一个巨大的人造堡垒，里面食物、水、生活用品一应俱全，不幸的人被迫与世隔绝地度过了一生……多年后我看到很多网络小说用的也是同样的套路，感觉自己就像一个赶了早集的人。

事实上，也不是没有这样生活的人。19世纪，英国波特兰公爵不想跟任何人打交道，包括家里的仆人，为此他在自家城堡下面挖掘了长达15英里（约24千米）的隧道，弯曲回转如同迷宫，绕过一切须与人见面的场合。很多"社恐"的人，以独处作为测定自己的精神仍然存在的标尺，就像美国艺术家艾格尼丝·马丁说的："生活中最好的事情都是在独处时发生的。"

我的"社恐"症状虽然没有这么严重，但也会为一些尴尬的相处而感到焦虑。有一次独自去郊外远足，途中遇到一个半生不熟的人，很热情地要跟我结伴走完全程。我浑身不自在，不断假装系鞋带，或停下来喝水，脑子始终在盘算如何才能各走各的路。

不过，"社恐"尽管有时会让人极为沮丧，但也会给予人一些好处作为补偿。斯坦福大学心理学教授泰勒认为，"社恐"患者由于缺乏社会存在感，反而更容易投入自己感兴趣的事物当中，坚定自己的选择，不易被外界干扰。换句话说，与社交场上的焦点、喜欢被他人注视赞赏的"社牛"相反，"社恐"的人身处一个封闭的系统，会很自然地在这个内在框架里寻求超越，因为人类自我成就的欲望写在基因里。达·芬奇、牛顿、爱因斯坦、达尔文……无不如此。

用萧伯纳的话做总结：理智的人会适应环境，不理智的人则要环境适应自己，但历史是由后一种人创造的——这也是至今尚未创造任何成就的我，常用于自我安慰的金句。

清浅的快乐

王永清 / 文

以赛亚·伯林,英国哲学家和政治思想家,他活到88岁才十分不情愿地离开这个世界。有人曾问伯林:"你为什么可以活得如此安详愉快?"伯林回答:"我的愉快来自浅薄,人们不晓得我总是生活在表层。"

我喜欢伯林俯下身子说这句话时的自得和狡黠,这让我想起了"清浅"一词。"清"是心底无私、安之若素,"浅"是胸无城府、素面朝天。为人处世,虽也讲究变通之道,但老于江湖者,手段多,屈伸之间自有韬略,旁人在佩服的同时,也会避而远之。性情中人,直来直去,敢一吐心迹,也许得不到他人的敬佩,却能赢得他人的喜爱,这是一种轻松的生活和愉悦的人生。

《红楼梦》里有个丫鬟叫麝月。袭人生病,其他丫鬟都出去玩,只有她主动留下来照顾宝玉。晴雯见宝玉为麝月篦头,冷嘲热讽,但麝月不争不恼,只是笑笑。她随和、宽容,守着自己的本分,不奢望、不争宠、不多言。她活得清浅,也就多了一分快乐,最后她的结局也比其他丫鬟的好。

鲁迅在《忆刘半农君》中这样写道："假如将韬略比作一间仓库罢，独秀先生的是外面竖一面大旗，大书道：'内皆武器，来者小心！'但那门却是开着的，里面有几支枪、几把刀，一目了然，用不着提防。相比之下，刘半农则是一个令人不觉其有'武库'的人，但他的浅，却如一条清溪，澄澈见底，纵有多少沉渣和腐草，也不掩其大体的清。"所以鲁迅佩服陈独秀，却亲近刘半农。

人心复杂了，总会殚精竭虑地思前想后、平衡得失。老是猜疑着、算计着，那也太累了。清浅做人，不蝇营狗苟，不尔虞我诈，也就少了许多纷扰和纠缠，卸掉沉重的思想负担，自然活得豁达、过得舒心。其实，你简单了，这个世界就简单了。

| 壹 | 处世篇

谋生与乐生

梁丽娜 / 文

人生其实很简单,只有两件事:谋生与乐生。

"谋生"是一个苦涩的词语,它意味着忍受、付出、疲累、无奈、受气、披星戴月、流泪流汗……谋生是人之为"人"必需的本事,会谋生才不会成为社会的负累,才能担当家庭的各种责任。

人一生下来就被父母教以各种谋生的必需素质。想想小时候学走路时摔倒,父母告诉我们要坚强,要自己爬起来,这已是在训练我们的谋生能力。尔后,我们不停地读书学习,学习各种各样的知识技艺,领悟人生道理,这是在为日后的谋生做准备。参加工作后,努力地敬业、进取、适应、忍耐,承受各种身不由己的事情,这是真正的谋生。

是的,当我们必须回报,必须担起各种角色所赋予的责任时,我们就被推到谋生的角斗场之中了。这是一种理所当然的人生义务,每个人都必须履行。所以,不要怨恨和拒绝这一切,而不想活是做人最不负责任的一种想法。

而"乐生"却是一个愉快的词语,它意味着物质、情趣、品位、干净、爱、音乐……乐生是属于精神层面的，是一种心态，与物质没有多大关系。物质富裕的人不一定乐生，而贫穷的人也不一定不乐生。如果你能热爱生活、博爱众生，放一轮明月在心中，那么，任何苦厄便都能从容面对，并从苦中掘乐。

　　人的一生呀，烦恼总是如影随形。杨绛的《我们仨》中有一段文字："人间没有单纯的快乐，快乐总夹带着烦恼和忧虑。人间也没有永远，我们一生坎坷，暮年才有一个可以安顿的居处，但老病相催，我们在人生道路上已走到尽头了，我们三人就此失散了！"真是令人唏嘘啊！

　　人生苦短，我们不能任由烦恼淹没快乐，不能一生都活在与烦恼的牵缠中。心是烦恼的根源，亦是快乐的根源。我们无法像佛一样除尽烦恼，了脱生死，达到涅槃，但是我们完全可以学会操纵自己的内心，让它向着有阳光、有灯光的一面。只要心明净了，就会快乐起来。

　　学会了乐生，才不枉来人间一趟，才能在任何时候都能"行到水穷处，坐看云起时"。

美丽的坚持

徐 新/文

在南美洲安第斯高原海拔 4000 多米人迹罕至的地方，生长着一种花，名叫普雅花，花期只有两个月，花开之时极为绚丽。然而，谁能想到，为了两个月的花期，它竟然等了 100 年！

100 年中，它只是静静伫立在高原上，栉风沐雨，用叶子采集太阳的光辉，用根汲取大地的养料……就这样默默等待，等待着 100 年后生命绽放时的惊天一刻，等待着攀登者身心俱疲时的眼前一亮。

对普雅花来说，等待是一种美丽的坚持。现实世界里，人们缺乏的正是普雅花的毅力，表现为眼高手低，好高骛远，只重成功后的辉煌，忽略或忽视成功前的努力和等待。

19 世纪，加拿大蒙特利尔麦基尔大学的学生威廉·奥斯勒对人生感到困惑，他有远大理想，渴望成功，又觉得身边的小事没什么意义，平凡的生活枯燥乏味，因而成绩每况愈下。

威廉·奥斯勒的老师推荐他阅读哲学家卡莱里写的一本启蒙读物。在浏览中，他突然发现书中的一句话："首先要做的事不是去看远方模糊的目标,而要做手边最具体的事情。"他顿悟,是呀,不论多么远大的理想,都需要一点点实现;无论多么浩大的工程,都需要一砖一瓦垒起来。年轻的威廉·奥斯勒开始埋头读书,以优异的成绩毕业。毕业后到一家医院做医生,认真对待每一个患者,很快成为当地的名医,并被授予爵士爵位。

  生命是一个奋斗的过程,也是一个等待的过程。因为人生不会总是一马平川,不会总是春风得意。在太多的不顺心、不如意甚至挫折沮丧面前,我们需要的是平和的心态,像普雅花那样,在等待中积聚力量,最后实现灿烂的绽放。

| 壹 | 处世篇 |

永远有利息在人间

陈鲁民 / 文

胡适在给一位友人的信中曾有这样几句话:"我借出的钱,从来不盼望收回,因为我知道我借出的钱总是'一本万利',永远有利息在人间。"

胡适一生曾资助过很多人,有朋友也有陌生人,有学生也有老师,有作家也有学者。熟谙中国文化传统的胡适很善解人意,他说:"中国读书人最重气节,不愿受人馈赠。故我每次寄款总说暂借,以免伤到他们的自尊心。"这钱一旦"借"出去,他便在心里按下"删除键",就当从没发生过这回事。心里不惦记,嘴上也从不提起。人们所知的他的种种"借钱"之事,大都是胡适去世后那些被资助者所说。

胡适看重的是"一本万利"。他所求的"利",是换来一批卓越人才的脱颖而出。他"借钱"的人可以列一个很长的名单:林语堂、吴晗、周汝昌、沈从文、季羡林等,他们后来都成了风云人物、大家泰斗。

胡适不是富翁,家境一般,完全靠工资和稿费生活。他的妻子一直没有工作，两个儿子在上学，负担很重。他一方面要养家糊口，另一方面还要时不时帮助他人，只好缩减家庭开支，俭朴度日，或到处代课，或挣些稿费，以补贴家用。

胡夫人江冬秀常不无抱怨地说："适之帮助穷书生，开起支票来活像一个百万富翁；待我，他就好像一个穷措大。"

1932年6月27日，胡适在北京大学毕业典礼上演讲："功不唐捐！没有一点努力是会白白地丢了的。在我们看不见想不到的时候，在我们看不见想不到的方向，你瞧！你下的种子早已生根发叶开花结果了！"

这个世界上，做好事、善事、美事都是有利息的，胡适的聪明就在于他早就睿智地看到了这一点，并积极践行。就是今天，他的"利息"还起着积极作用，他资助过的那些文化人的弟子及再传弟子，都在不同的文化领域耕耘播种，开枝散叶，繁花似锦，硕果累累。

离 念

冯 唐/文

暂且忘记,把能忘的东西忘到不能再忘。这是在干什么?这是为什么?如果真的可以把能忘的都忘掉,人心还剩下什么?

借用一下禅宗的概念。禅宗里有两个很重要的人物,慧能和神秀,分别是南宗和北宗的创始人。有一个流传很广的故事,神秀作偈:"身是菩提树,心如明镜台。时时勤拂拭,勿使惹尘埃。"慧能也写了一首:"菩提本无树,明镜亦非台。本来无一物,何处惹尘埃。"五祖弘忍认为慧能更胜一筹。当然,神秀后来也取得了非常大的成就。

后来,人们谈论南宗和北宗的分歧时,常常会提到两个概念:无念和离念。

慧能主张"无念",就是人的本性是念念相续,不可能念尽除却。况且此念断而他念生,依旧摆脱不了轮回。所以慧能主张的是发现作为根本的佛性,有了佛性,便可以"于念而不念""于一切境上不染"。但神秀主张"离念",就是使心念不起、烦恼不生,杜绝心中一切妄念,以求解脱。因为神秀认为,众生有真心、妄心,所以需要息妄修心，摆脱妄心才能找到真心。

在无念与离念上，我们多少也能看到当年慧能与神秀在菩提树和明镜台中显露的差异。无念和离念都是关于"忘"的境界，忘掉什么、实现什么。无论哪种"忘"，其本质都更多的是一种个人的修行，一种自我内心的追逐。但如果将这种"忘"推及人与人之间的关系呢？

人与人之间，人们更多追求的是"苟富贵，无相忘"，"念念不忘，必有回响"。人们希望不忘，希望永远把彼此装在心里。不过庄子也写过一句很有名的话："泉涸，鱼相与处于陆，相呴以湿，相濡以沫，不如相忘于江湖。"因为鱼儿在江湖中可以自由快乐地生活，当然比在干涸的地上相呴相濡、苟延残喘来得幸福。这可能就是"你若安好，便是晴天"的欢喜。

这背后是道家的思想，道存于世，则世人富足舒适，彼此相忘；道崩，则钩心斗角、争名夺利。只有这时，才需要圣人去拯救世人。所以，庄子认为："与其誉尧而非桀也，不如两忘而化其道。"这也是道家和儒家之间的分歧。

时忘。

忘我，内心有光。

忘你，万物生长。

让有些话穿耳而过

段奇清 / 文

李肇星曾在一篇文章中记述了他儿子 3 岁时的一些充满童趣的奇言妙语。有次他儿子在回答"人为什么会长两只耳朵"时说:"可以一个耳朵进,一个耳朵出,光进不出就会装不下。"

由此,我想起了一句话:让有些话语穿耳而过。

譬如某一天,你无意中听到了一些诽谤和中伤你的话语,就让它穿耳而过。那也许是别人对你某一个不经意的行为、某一句不经意的话产生了误解。你要相信,浊者自浊,清者自清,只要假以时日,他一定会看出你的初衷与本真。于是你便拥有了一颗平静安宁的心。

如果偶尔听到有人指责你太不细心,未能做到未雨绸缪、防微杜渐,要让它穿耳而过。尽管他的指责是善意的,可是在这个世界上,每个人都是渺小的,谁也不能保证自己不踏入认识上的歧途。最为紧要的是要抓住今天,认认真真活在当下。如此,才会在有限的生命中不为一些似是而非的东西浪费掉自己宝贵的光阴,才会不为那些旁逸斜出的枝杈失去自己的吟咏与歌唱。即便风雨骤然而至,也依然轻裘缓带，玉树临风。

　　如果有人说你才貌双全，要让它穿耳而过。那才华学识本是天外有天、山外有山，那形貌亦是父母的遗传并非自己的努力，原本不值得他人夸奖。

　　如果有人说你出类拔萃，却白璧微瑕，也要让它穿耳而过。是否出类拔萃姑且不说，不完美本是人生的一种常态，如此，你就能摆脱"一次失败就成永远颓势"的阴影，就能走出"局部不完美就泛滥成整体否定"的误区，就始终能保持清醒的头脑。

　　对于一些冷漠无情或者耍小聪明的话，对于一些玩世不恭、不知轻重的话，对于一些上下之势、高低权争、男女绯闻的话，都要让它们穿耳而过。这样，你就会秋波无痕，素心如玉。纵然那些对你有用，却让你智所不能逮、力所不能及，以致褫夺了幸福与快乐的话语，就要让它们穿耳而过，随风而逝。

　　人生是一个容器，可这个容器的容量实在是非常有限。愁苦和畏惧多了，欢乐与勇气就少了；局促和紧张多了，潇洒与轻松就少了；傲慢和骄矜多了，恭谨与谦虚就少了。一些不需要的话语存放太多，一些箴言就会无处落脚。让有些话穿耳而过吧……

戒目食

郭华悦 / 文

"戒目食",出自清代袁枚的《随园食单》。

何为"目食"?袁枚赴宴,主人家准备了一桌饭菜,菜品数以十计,水陆俱陈。宾客虽多,但直至宴会结束,所食者不过一二,多数菜肴未被动过。未曾"口食",仅供"目食",无非是出于对排场的考量。一桌菜肴,"口食"者寡,"目食"者众,自然是奢靡至极。

于是,袁枚有了"戒目食"的感慨。食为果腹,这是"口食",乃生存之必需。但如果在"口食"之外,还有"目食",便是浪费。菜肴不入口,仅仅过目,究其根源,不外乎贪与奢。

烹制菜肴得重"口食",戒"目食"。人生,也当如此。

人要活出自己,首要的是重"口食"。于众多选项中,不迷不乱,挑选适合自己的食材,烹制成馔,入口下腹,消化吸收,使之成为身体的一部分。如此,才能不断于"口食"中吸收充足的养分,滋养身心。

而失败的人生,很多时候是因为"目食"之病。人云亦云,"人要亦要",跟着别人的脚步,却无视自己的实际需求。明明不需要,为排场，宁愿受得"一身剐"，也要在面子上向别人看齐。结果，把大部分的时间、精力花在不必要的地方，而对能让自己的人生变得精彩的选项视而不见，以致因小失大。

物以稀为贵，能令人觉得有趣的，往往不在多，而在于适度。一样事物，多到"目食"，杂乱而贪多，身处其中，不但难有愉悦可言，反而令人腻烦生厌。

精彩人生，在于"口食"中的养分，而不在"目食"中的奢靡。"戒目食"，说的是饮食之道，也是人生之理。

貳 生活篇

鲜 活

草予/文

舌尖五味，酸、甜、苦、辣、咸。鲜，不在其列。

什么是"鲜"？我们发现，即便精通辞章，也很难一语中的。这是一种飘忽难表的滋味，玄而神秘，品得出，却说不清道不明。

这不一般的滋味，来源于新鲜。有别于酸、甜、苦、辣、咸，这种令口舌为之一新又为之一振的味道，多半未经时光的调和，出了水、脱了泥，便很快上桌。想要捕捉这样的"乍见之欢"，只会发现，那味儿总是难以持久。

何物最鲜？初宰的羔羊、初捕的鱼虾，就地盛一瓢清水，文火炖煮，取盐开味，仅仅如此，就能品出鲜来。

可见这鲜味背后，是一片活蹦乱跳的勃勃生机，灵动，鲜明。由此一来，"鲜活"一词也从味觉的餐桌，走向了欣欣向荣的大地。

大地的鲜活，是万物的生动，是生命的郁郁葱葱，是一种真真切切的力量。里尔克说："好好忍耐，不要沮丧。如果春天要来，大地会使它一点一点完成。"生机盎然是不可抗拒的。

日子的鲜活，则在于满腔热情地对待每一天，在生命的所有时间里乐观、向上，因活力十足而鲜亮夺目。生活会有困顿，生命总有劫难，或是突如其来，或是久在其中，但总可以度过，彼此守望相助，抑或独自从容直面。

多给日子提提鲜，把日子过成诗也许并不容易，但可以让它更鲜活动人。

生活的次序

陈 刚/文

人们用来了解别人的时间太多，用来了解自己的时间太少。

在资讯泛滥的今天，这一先天的隐疾被充分激活，恶性膨胀。

在终日埋头于电脑、出入于网络的生活中，我们给自己留下的空间有多少？大到人生的走向，小到衣食住行的选择，有多少是随波逐流的跟风，又有多少是自知之明的判断？

人要有独立的人格、独立的生活，须明白三件事情：我想干什么？我能干什么？我必须干什么？

我想干什么指向的是理想，我能干什么检验的是能力，我必须干什么意味着生存。人生的纠结，往往源于在平衡这三个问题的次序时出现了混乱。

我们想干的事太多，能干的事太少，必须干的事又太苦、太难。

网络资讯在缩小世界的同时，也放大着眼界与欲望，让人们时时处于物质短缺的饥渴之中。而资讯的泡沫又将乌鸡变凤凰的神话，演绎成似是而非的人间故事。这样，就将本应是生存所必需的日常劳作，变得痛苦不堪。

诗人兰波说：生活在别处。但真实的生活中，能容你栖身的空间又在哪里？

我们还是把自己的生活次序调整一下吧！先理清自己必须干的事情，尽己所能将它完成；然后，再根据完成的程度来对自己的能力做出判断；有了判断，再去勾画我们想要的未来。

这样的日子也许才是靠谱的日子，这样的生活也许才会令你少些抱怨，多些成就。

泥沙俱下的生活

毕淑敏 / 文

有年轻人问，对生活，你有没有产生过厌倦？

说心里话，我是一个从本质上对生命持悲观态度的人，但对生活，基本上没产生过厌倦。这好像是矛盾的两极，骨子里其实相通。也许因为青年时代，在对世界的感知还混沌的时候，我就毫无准备地抵达了海拔五千米的藏北高原。猝不及防中，灵魂经历了大的恐惧、大的悲伤。心情平复之后，也就有了对一般厌倦的定力。面对防不胜防的高寒缺氧、无穷无尽的冰川雪岭，你无法抗拒"人是多么渺小、生命是多么孤单"这副铁枷。你有一千种可能性会死，比如雪崩，比如坠崖，比如高原肺水肿，比如急性心力衰竭，比如战死疆场，比如车祸……但你仍在苦难的夹缝当中完整地活着。而且，只要你不打算立即结束自己的生命，就得继续活下去。

愁云惨淡、畏畏缩缩的是活，昂扬快乐、兴致勃勃的也是活。我权衡利弊，觉得还是取后一种活法比较适宜。不单是自我感觉稍显愉快，且让他人（起码是父母）也较为安宁。就像得过严重的水痘，对类似的疾病就有了抗体。从那以后，一般的颓丧都无法击倒我。

我明白日常生活的核心，其实是如何善待每个人仅此一次的生命。如果你珍惜生命，就不必因为小的苦恼而厌倦生活。因为泥沙俱下、并不完美的生活，正是组成宝贵生命的原材料。

破罐子里的生机

明前茶 / 文

那天,几株厚穗狗尾草从景德镇烧裂的瓷器中钻出来,就像刚出壳的小锦鸡在撩动它那毛茸茸的尾巴,绿色的芒穗上微微发着紫晕。它们是活的。夕阳下,狗尾草的美让老徐心动神移。他把那个破裂的瓷罐小心翼翼地从窑址旁起出,带回家去插花。

从这天起,家住北京的老徐经常往返景德镇,专门搜罗那些烧裂了的瓷器当花器,至今已经十年。他喜爱米白色、米灰色、青灰色和天青色的残瓷,觉得这样的瓮、壶、罐、碗和笔洗,就如被初生的禽鸟奋力啄破的蛋壳,里面正生长出中国人才懂得的美。

景德镇的朋友告诉老徐,制作瓷器的利刀师傅功夫越到家,瓷器的壁就被利得越薄;瓷器本身的尺寸越大,越容易被烧裂。因此残破的瓷器上也凝聚着很多人的辛劳。老徐此后便也注意收集大口径的破碗,那些碗就像孵化火烈鸟的蛋壳一样,两头都裂开了,只能盛下一点浅浅的水。一开始,老徐也不知道应该怎样呈现它们的美。直到有一天,他从街上路过,看到园林工人正在修剪小叶榆树,把过长的徒长枝和受伤的老枝往下掷。经得同意,老徐拣了一根最粗的小叶榆断枝。园林工人惊讶地目送他举着一根特别长的粗树枝回家去。最后，在口径最大的破碗中插花，他只用了小叶榆的粗枝丫和附着其上的两小枝嫩叶。那嫩叶水平伸展，摇曳生姿，宛若一个精灵，从老树桩里踮脚走出，旋转着她的绿叶舞裙。与此同时，老徐在小叶榆的下面插了两枝短小的火棘。小小的、密集的红果，就像一只大鸟带着它的孩子，俯下身饮水，亮出了它们红色的长喙。

八年前，老徐开始教授插花课。如何让学生们领略残破之物的价值？他不仅亲身示范，展示残瓷、残陶、缺角青铜器，与花枝、芒草、树桩、苔藓、松果松枝的组合，还从中国传统的瓶花理念来讲授，为何残破的花器也有它的价值。老徐熟读陶渊明的《桃花源记》，他在插花课上说："全国至少有三个地方抢着说桃花源就在当地。那么，桃花源究竟在哪里？我们应该回过头，从《桃花源记》本身来寻求答案，'林尽水源，便得一山，山有小口，仿佛若有光。便舍船，从口入'……"学生们露出若有所思又困惑不解的神情。

老徐解释道："朋友们，你可曾想过这'初极狭，才通人。复行数十步，豁然开朗'的形容，不正是一个瓶子吗？桃花源就像一个蕴含生机的瓷瓶，山为瓶壁，水与田、花与房舍为瓶中景。从根本上说，这就是中国人的审美境界。瓶子一定要崭新、对称、完整吗？不见得。瓶子完全可以是古旧的、歪斜的，有着圆润的破口。"

老徐的学生当中，有专注于事业、婚姻破裂的知名律师；有儿子出走十几年不曾回家的成功企业家；有名震一方的高三老师，教出了一批批的名校生，自家孩子却要去看心理医生；还有带大三个聪明伶俐的孩子，却感觉自己一无所有的主妇；等等。生活给予过他们，也剥夺过他们，甚至，给予的时候有多慷慨，剥夺的时候就有多无情。老徐教授插花课，也是为了治疗他们的心伤。他告诉学生，沧桑与鲜灵，苦涩与甘爽，沉郁与明亮之间的对照关系；告诉他们，生命中残缺的那一部分，是裂口，也是生机。

老徐说，插花没有什么定式。如果对着它，能让浮躁的心宁静下来，意识到破罐子在这世间亦有其可用之处，那它就是一款动人的作品。

身体里装满了音符

麦淇琳 / 文

2021年,一个晚霞漫天的黄昏,我家附近的一棵老树被连根拔起,只留下一个树坑。到了2022年春天,那个树坑里忽然冒出些许枝条,过一阵子竟抖开了些细碎的花朵,紫色的、白色的。我看呆了,觉得这棵老树的生命似乎一直没有断,就算被连根拔起,它还在生长,就像很多美好而坚韧的东西,一直在人们的内心深处潜藏着。

某天某个时辰,我在窗前小坐,一阵风吹来了几朵蒲公英。我想起住在乡下的贞姨,她也种着一片蒲公英。陈洁姐在世的时候,每每身体不适时,贞姨便用那些蒲公英制成土方子,来缓解她的痛苦。

每次回乡经过贞姨家,我都会帮贞姨拔拔杂草。贞姨有时实在扛不住了,就在那片种着蒲公英的地里大哭一场。哭完了,她又站起来,做几个深呼吸,然后将满头的乱发捋一捋,抹去眼泪,日子照旧过。

那一刻,我不禁暗想:如果漫长的一生只用来忧虑和愁闷,那么人生这座舞台就不值得观摩了。当我们拥有了平常自然的心境,就会明白,万物不会同时喧嚣,也不会同时陷入绝望;风雨既至,我且尽力展现自己的悲伤，但风雨总与阳光同台，我也应尽情吟诵生命的喜悦，这样的人生才不虚此行。

某个夜晚，我走进长江边的陆城古镇。月光从天空泼洒而来，我想象着三国时期的陆逊，想象他年少时在父亲帐下，一边研读兵法，一边抚琴的模样。琴音随着暖风和月光的泼洒之声流淌，每拨一下，都是他内心所思和精神气象的呈现。

听当地老人说，陆逊当时在水边建了草堂，栽了翠竹，养了一群白鹤，还挖了一个鱼塘，他种的莼菜，如今已经成为珍贵的水生蔬菜。我站在那里许久，借着月色看那片旺盛的莼菜，绿茵茵的。彼时春雨忽至，野生莼菜接受了甘霖的洗礼，随波浮动，像一个个鲜活的生命在弹奏美妙的音符。

我忽然觉得，一个热爱生命的人，身体里应该永远装满了音符。不论遇到多少凄风苦雨，也不论经历多少无眠之夜，他的内心都一定停驻着很多光，像风停在花枝上，像月挂在柳梢头。

启功先生虽然得享高寿，但饱受疾病缠身之苦。启功先生曾写下不少诗词，他在《沁园春·病》中写道："病魔足下，可否虚衷听一言？亲爱的，你何时与我，永断牵缠？"

人在病中，都想让病魔赶紧离身，启功先生也不例外，可他另有一番大境界，他称"病魔足下"为"亲爱的"。大抵，对启功先生而言，苦难和泥泞不应只是人生一场征伐的过程，还是淬炼自己精神人格的机会。

我想，那些一路从泥泞里走来，面带微笑的人，身体里一定装满了美妙的音符。

听见花儿的呼吸

水 唇/文

我常常面对一朵独自绽放的花儿发呆，仿佛能听见它的呼吸。

我不知道它叫什么名字——红的、白的、粉的、紫的……寂寞且骄傲地伫立在时光的拐角，但它总能让我慢下来，在静默中深深地凝望。

于我而言，这可能源于我心中一粒思考的种子，一只孤独高飞的苍鹰，或者一种等待了千年的渴望。

每当痛苦煎熬、寂寞守候、欢喜若狂、怅然若失的时候，我总是想起山径幽谷中那些卑微清雅的花儿，想起与它们的对视、轻触、自语，那种随之而来的坦然，瞬间便充溢身心，赋予我镇静、喷涌的勇气，让我看到生命中的美与希望。

我喜欢作家钱红丽的座右铭：纯洁羞涩，寂静清芬。只有在领悟了"落花无言，人淡如菊"的苍茫邈远之后，纯洁的心才会打开一扇门，让灵魂远行，抵达一个淡泊高远的纯净世界。如果一个人的欲望过于泛滥，生命的脚下必是一片焦土、一片汪洋，又何来花香四溢、青翠葱茏的风光？

| 贰 | 生活篇

"生命在低处,灵魂在高处。"尊重且敬畏那些低调谦卑的美丽,冷静而达观,恭敬而自足,这不仅是一种人格的彰显,更是一种遵循本性的可贵品质。

面对一朵花儿发呆,让躁动的心安静下来。听见花儿的呼吸,一如听从自己心灵的声音,这,何尝不是一种幸福!

厨房的故事

徐国能 / 文

童年的厨房是公寓一楼向后面山脚荒地延伸出去的半违章建筑。后门一开是母亲养鸡的小院，那里有一棵从不结果的木瓜树；屋顶是塑料波浪板，阳光好时不必开灯厨房里就很亮。一架简陋的洗槽，一台两口的炉灶——一家人的生活就从这里展开。

清晨透亮的阳光中，是父亲上工前炒蛋炒饭的香气；下着雨的黄昏，是我坐在小板凳上，或帮忙择空心菜，或掐黄豆芽的时光。伴着单调的雨声，时间那么悠长，日子那么简单。春日有用自摘的香椿芽炒的蛋，初夏有几大盆粽叶、糯米与腌在酱油里的猪肉，秋天里有手揉的南瓜馒头，冬天时有全家一起包的瓠瓜水饺。小小的厨房里是一年四季的日子，是清贫时代的朴素与现实，食物的香气与家人的笑语让它充满沉静而从容的辉光。

婚后，我有了自己的家，如何改装北市旧公寓里的三坪小厨是最让人费心的。妻不喜欢阴暗，我希望没有阻隔。我们将一面外墙改成玻璃砖墙，企图让光影透进来；地砖与橱柜选用饱和度高、对比鲜明的颜色；在众人的反对声中打掉室内墙，用一张小吧台代替餐桌，勉强算作厨房与客厅的分界。

那是新婚生活的浪漫。长辈们总觉得厨房这样敞着，油烟势必弥漫全屋，因此我们摒弃了煎、炒、炸，而多采取烫、炖与蒸这些比较简单、少油的烹饪方式。每天黄昏，我们闲坐桌边，一碟茶蒸豆腐，一碗马铃薯炖肉，一盘淋上橄榄油的烫青菜或芦笋，再配一杯冰啤酒与一曲门德尔松的《无言歌》，一天就这样安逸地流淌过去。

曾有经济学家鉴于都市生活过于繁忙，许多都市家庭以外食为主，认为厨房是最浪费的闲置空间，因而主张设计一种没有厨房的住宅，以达到更经济的空间利用。细思这个概念，其实不无道理。分工细致的时代，一日所需都可假手他人，厨房这象征亲手调制、自我斟酌的操作概念，或许已和"夜雨剪春韭""洗手做羹汤"这类古典风情一同渐成陈迹了。但厨房真的只是一个烹煮食物的场所吗？

日前，一位教授送我一台她夫家代工的手动意大利切面机。一日，妻女买来小麦粉，我们一家三口在小厨房堆出面粉山，打下鸡蛋，拌入橄榄油和玫瑰盐，渐渐揉出丰软嫩黄的面团，擀成面蛇后推入机器，有节奏地手摇转轮，螺旋状的意大利面就纷纷落在了大瓷碗中，孩子对自己制成的面颇感惊奇。窗外暮色低垂，我想在此刻，多少厨房捻亮了昏黄的灯，多少炉头温暖了疲倦的心。飞扬的面粉与西红柿肉酱熬出的香味，使我突然想起遥远的童年时光，原来厨房不只是一个烹调空间，更重要的是它维系着人们对家的情感与记忆。平凡的人间烟火无可取代，正是因为幸福真正的滋味就在其中。

庭　训

黎武静 / 文

每逢腊月，就想起那句父亲常挂在嘴边的老话："大年三十搂（意为打猎）兔子，有它没它，一样过年。"他说话时的神情历历在目，真是达观兼乐观，豪气加豪情。对于生活中的许多事，都应有这样的心态。浮云世间事，薄于云水，"竹影扫阶尘不动，月轮穿沼水无痕"，原本也无须看得那么重。

所以说，得过且过，得闲且闲。似水流年的光阴里，有一种静致温婉的美。波澜不惊的节奏里，有一种悠悠的动听。没有紧迫而逼仄的目标，没有外来强劲的压力，这是我的日子，淡而有味，徐而不疾。匆匆忙忙的，从从容容的，都是日子。宁可选一份恬静悠然的诗境，赏鉴生活的醇美滋味。"泛若不系之舟"，是一个极美妙的譬喻。想想看，轻轻地荡在水波之上，随波而游，顺流而下，自在而去，河的方向就是前行的方向，河的速度就是前行的速度，沿岸风景从两侧划过身旁，逍逍遥遥，清意何惬。牵绊与困顿其实都是自扰，想得明白时，有些事其实不用那般在意。人生里真正的关卡，说到底，无非是有关过关。

尽力让每一天都更快乐一些。今天将成为明天的回忆,昨天的温暖。点点滴滴都是珍贵,在这易流逝的瞬间,遇到快意的,何妨开怀,淡茶一盏,或浓酒一杯,尽享这一晌良宵。遇到伤怀的,也不妨泪下,酸甜苦辣,都是人生况味。

古人云:"闲,天定许。忙,人自取。"所谓忙里偷闲,应偷取那些属于自己的片刻辰光。"闲来无事不从容",要紧的不是大把空闲时段,而是这万事从容的恬淡心境。闲时易求,闲境难求。

仓促地到了中年

汪国真 / 文

　　像被河水冲刷的船，你仓促地到了中年，体态、面容、眼神、心境都被盖上了中年的印戳。回头望去，乌飞蝉噪、红枯绿瘦，青春已溜得不见踪影；向前看去，鹤发鸡皮、枯萎蹒跚正在逼近。

　　中年和正午有些相似：凝重、深邃、空旷，是生命曲线上的一个极点。站在这儿，来路一览无余，去路上能搅出的动静也大致无出其右了。人生像魔术师抖开他的包袱，不会再有太多的神秘可言了。

　　人们赋予这个年龄的关键词是"成熟"，可生活仍会硌疼你：家人生病你担心，孩子不听话你生气，工作出错你沮丧，没钱了你发愁……只是你学会了警惕这些灰色霉菌，不再给它们发酵生长的机会了。

　　在你这个年龄，左手要拽着孩子，右手要挽着父母，你成了他们两边的家长。女儿刚踏进青春期，像一只迷乱的羔羊，背上还驮着十斤重的书包。她还那么脆弱，你说话稍不注意就会戳伤她。父母呢，个头缩得那么矮，走路一摇三晃，你还忍心对他们发牢骚吗？爱人跟你一样，也在中年的河流上忙着捕捞。

所以，你得有自我疏通和修补的能力。你得维护你一贯的形象：大大咧咧，乐乐呵呵。

这些年来，你受到岁月和生活的双重镂刻，内心也在不停地改变。沧海桑田，有的地方已经变硬了，有的地方却柔软了。从前你是树叶，环境是风，它一吹你就动。你跟着别人赶东赶西去上补习班，今天英语课，明天文秘课，后天管理课，像猴子掰苞谷。宴会上硬着头皮喝酒，却让胃痉挛不止。你在外边温文尔雅，在家里龇牙咧嘴，长着一身倒刺。你只想让社会接纳你，却不清楚自己要什么。

那时，你生活的姿势是引颈远眺。上学的时候盼毕业；女儿小的时候巴不得她长大；工作的时候想退休；在乡野时憧憬都市，等到了都市又怀念乡野。总之，真正的生活在山的那一边，而下巴颏下的生活不过是一段歌剧的序曲，一座港口的栈桥。现在你却后悔自己错过了好些生活。因为生命里的每一片草地、每一条溪流、每一块山丘都是只此一次的相遇。在日历被撕了一大半后你才学会调整焦距，对准眼前。

于是，你能听进父母的唠叨了，愿意陪他们散步了，也知道拉他们去吃这吃那了。发了奖金不再直奔化妆品柜台，而是给爱人买一双柔软的鞋子。你会带女儿奔到海边看一回大海，在她最想圆某个梦而你又有能力的时候帮她圆了，因为梦也会凋谢。你学着把菜炒香，把汤熬得很鲜，你通过这些小事去传递爱。

你知道，也许过不了多久，今天还围着餐桌的父母将无踪可觅。女儿很快也会张开翅膀去寻找自己的天空。她将不会每天一回家就拽着你的衣襟给你"播报"班上的新闻，也不会再往沙发上一躺，就把脚丫往你怀里塞了。幸福在流逝。

　　相应地，有的东西却在不经意间被抽离了。不再想通过变换外形修改自己，自己接纳了自己不就等于让世界接纳了自己吗？现在，你会把一件衣服穿好几年，把一部手机用到无法再用，你想在这套旧房子里一直住到老。越来越多的同事已经开着自己的车上下班了，你却干脆连班车也不坐，改成跑步上下班。由此你获得了一种自由和力量，你依赖的东西原来很少，生存其实并不困难。生活就是这样，当你退到潮流的边缘，潮流反而成了不相干的背景。

　　你也能和自己的工作和平相处了，不像以前那样蚂蚱似的在各个行当里乱跳。因为你明白无论什么工作，都像一块布，各有其细致明艳的正面，也有粗糙暗淡的背面。到了中年，生命已经流过青春湍急的峡谷，来到相对开阔之地，变得从容清澈起来。花儿谢了不必唏嘘，还有果实呢。

| 贰 | 生活篇

你的生活风格决定你的困境

[奥地利] 阿尔弗雷德·阿德勒 / 文

  我总认为，每个人在生活中的一举一动，都是他对世人展现自己生存模式、能力和独特风格的表演。也就是说，人的行为，始终来自对自己和对世界的看法。

  请勿对此论点感到讶异，因为我们的感官所感受到的，只是我们主观的错觉，本来就不是客观的真相。我们所认知的世界，也不过是外在世界投射在我们内心的主观映像。

  每个人对自己或对人生的解释，都有一种"观念"，也就是一种生活模式或一种惯性将他牢牢套住，虽然他并不了解这种观念，也无法分析这种观念是好是坏，但这样的观念会影响他的一生。而这种惯性是在童年的生活环境中所形成的。因为在没有分辨及选择的能力时，我们只好运用天生的本能，在外在世界的影响下，顺势发展成自己习惯且熟悉的生活规则。

  到目前为止，经验告诉我，探寻人格结构的最可靠数据，都在童年的记忆里——比如，孩子在家庭成员中的位置、曾犯下的幼稚的错误行为、童年期的白日梦，甚至引起疾病的外在因素……因此必须对整个童年期有完整的了解，才能找出关键答案。

每个人在他生命初始时，都为自己设计了一些惯性定律。为了顺应这些定律，他会利用自己内在的能力、缺陷，以及对周围环境的最初印象，来设定自己的行为法则和思考逻辑。

事实上，把"自己的妄想"合理转化成强烈的欲望，经常是人们在构建自己的处世风格或人生意义时，误入歧途的一个基本要素。

我们的生活模式一旦形成，内心就会牢牢地抓住它不放，任何人都无法改变我们的生活模式和风格。只有在我们犯下重大的错误时，现实才会逼我们去反省自己的生活模式和风格是否有问题。

猎笋人

蒋芳仪 / 文

那年春天,我在老家偶遇一位朋友,她邀我去她父母家玩,我便去了。

朋友父母都已年迈,见来了客人,便让一位嫂子过来帮忙做饭。也不知这位嫂子是他们家什么亲戚,她瘦瘦小小,穿得灰扑扑的,脚上一双解放鞋,看上去又土气又寒酸。她端茶过来时,也没人向我介绍,我只好含糊地喊一声"嫂子"。她局促地笑一下,放下茶杯就回了灶间。

中午吃饭时,她也没上桌。大家喊她来吃饭,她说要照看灶里的火,端着一个大碗坐在灶前吃。碗里有饭有菜,她吃得挺香,但若有人进去,又赶紧放下碗站起来,忸怩不安。

饭后,朋友要带我去挖笋。她父母说她几年没回家,怕是连山里的路都不认识了,便让嫂子带我们去。嫂子眼睛一亮,脸上多了几分兴奋的红晕,赶紧去背竹篓、扛锄头。

奇怪了,一走到上山的路上,刚才还有些"社恐"的嫂子,就一下子健谈起来。她指着田野,说某处有一片野芹菜;再走一走,告诉我们某处有一坡蕨菜；至于笋子，后山多，那里有一大片毛竹林……

她熟知这里的每一片山坡、每一处竹林、每一条小溪，以及每一种野菜的模样和习性。在这里，样样事情她都做得漂亮，挖笋子，采蕨菜，薅野葱，手脚麻利，不知疲倦。

嫂子最会挖笋子，一双眼睛虽然不大，但像探照灯一样，近处远处一扫，藏得再隐蔽的笋尖也会被她发现。一旦锁定目标，她便会放下背篓，拎起锄头，弓着身子走过去。她那凝神屏息的样子，仿佛猎人逼近自己的猎物，生怕惊动了竹丛下的笋子，让它一溜烟跑了。

等到了目标附近，她并不急于开挖，而是用锄头刮开附近的草皮，先观察一下，找准位置再一锄头挖下去。别小看这一锄头，挖不准的话，就会伤了笋子。她耐心地挖开笋子身周的土，渐渐让它露出地下粗短肥壮的身躯，最后一锄头将它干净利落地挖断，用手刨出，将这带着新鲜泥土芬芳的"猎物"丢入竹篓。

一会儿的工夫，她就挖了十多个大竹笋，竹篓变得沉甸甸的。我看得兴起，也抢着要来挖笋，结果一锄头下去，仅勉强挖出浅浅的一个土窝，再挖几下，便举不动锄头了。嫂子哈哈大笑，将锄头接过扛在肩头，潇洒自若。

我被她迷住了。这个初见时毫不起眼的女人，一来到山林，就像变了一个人似的。山林是她的主场，她是沉着冷静的猎手，她猎的不是野兽，而是笋，是蕨菜和野葱。

那天，我们满载而归，一路欢声笑语，相约明年再来。可惜，我后来远行,再未于春天回过老家,也再未去过朋友家。但多年以后,我依然记得那天的事,记得那位嫂子。

她是我这辈子都难以忘怀的人。我是从她那里知道,无论看似多么平凡的人,只要专注于自己擅长的事,那灰扑扑的人生,也会在一瞬间流光溢彩。

半如儿女半风云

林曦/文

"半如儿女半风云",齐白石先生教学生画画时,总是提到这样一句话。

小儿女的缠绵和大风云的挥洒,其实是一组矛盾的意象。比如白玉,一块油的料子很容易泛青,如果一块料子很油还很白,即俗称的羊脂美玉,就很珍贵。同样的道理,当两种矛盾的特征能够在一个个体上很好地融合时,便会带来纯粹和丰富的感觉,会产生一种很好的审美体验。

传统的审美一直都包含矛盾,是极端与矛盾最终达成的融合与平衡。"半如儿女半风云"也是这个意思,不论画画还是做事,人既要有敏感的内心,也要有果敢的力量。

说到齐白石先生,除了画虾,我们很容易想到他那些痛快淋漓的大写意,就像人人都喜欢的他的一句话——"世间事,贵痛快。"我们喜欢看到这样的痛快和风云挥洒,并且愿意效仿,但往往忽略了这样的痛快是怎么来的。痛快背后,是经历"每日挥刀五百下"才能练就的果敢。所以我们在学齐白石的时候,学的更多的不是"大风云"的结果，而是"小儿女"的品质，也就是他的匠心。

在他的画稿上，人们会看到各种各样的批注：花蕊是什么颜色，用什么颜色的墨好看，仙鹤腿的比例是怎样的。再比如，画面上只有两只青蛙和几只蝌蚪，但这两只青蛙和几只蝌蚪之间的关系，他也很认真地做了处理。

与人说话、跟人接触、每天的工作，都需要以这样的状态对待。在这种状态里，重要的不是手上的那一件事要好到什么程度，而是因为有这种对于自己"资质平平"的认知，所以我们会更平和、更持久地努力，从而获得生活品质的扎实提升。

在积累了一些人生经验之后，我想大家都有这样的感受：渐渐地，对一个人的品评、认识，不再基于他的履历。我们能阅读的材料越来越多、越来越隐秘，可能见面时一眼扫到他的鞋带或是他的衣服，闻到他身上的气味，听到他说的一句话，看到他随手的一个举动，等等，都会成为信息的来源。我们之所以需要把匠心落在生活的每一处，就是因为我们的心与行为始终是一体的，你的用心之处就呈现为你的样子和生活的样子。

在云里，安顿自己

谁最中国 / 文

葡萄牙诗人佩索阿说："坐在你身边看云，我看得更清楚。"这是恋人的表白，因为情感上的确信和喜悦，云的样子也变得分明了。

我们喜欢看云，大概是因为天空从不索取，却总能给我们安慰。那些眼里的云、诗里的云，已经超越了气象学的意义，成为关系和情感的载体。

写"行到水穷处，坐看云起时"的王维，还写过这么一句："与君青眼客，共有白云心。"长大之后还能保持看云的心境之人，在人群中，是可以相互辨认出来的。云虽然遥远，却能因为相似的注视，将人联结在一起。能从彼此眼中看到云霞折射出的光，这就是朋友了。

在车马慢的从前，人跟云的关系很近。园林设计中，在设计山石楼台时，是会将云和月纳入考量范围的，所谓"宜台宜榭，邀月招云"。《小窗幽记》里有云："佳思忽来，书能下酒；侠情一往，云可赠人。"亭台山石能招云，因为视野够高远；一朵云能采来送人，因为胸怀纳天地。一朵云，映射出的是人的心境。境遇在变，眼前的风景也在变，但只要抬起头，总能遇到一朵恰好懂你的云。人于是学会了，在一朵云里安顿自己。

　　读何多苓的《天生是个审美的人》一书，他说下乡到西昌，周围的同学都觉得苦闷，只有他觉得这个地方太好了，有蓝天白云、辽阔的土地、神秘的远山。于是，他就每天花很多时间，看山、看云。看他感叹"居然有这么好的地方"，你会笑出声。因为那里面没有在逆境中开出花来的强打精神，只有天性的自然流露。

　　能在一朵云里安顿自己的人，是幸福的人。

亲爱的空白

朱成玉 / 文

诗人巫昂有一首小巧却深情款款的诗：

> 我希望有人给我写信
> 开头是：我最亲爱的
> 哪怕后面是一片空白
> 那也是我最亲爱的
> 空白

你能想象那样的一封信吗？只有"我最亲爱的"几个字，然后是大量的空白。那是月光的白，是雪的白，是浪花的白……那样的空白里，藏着浩瀚如海的爱意。

诗人舒婷有"语言洁癖"，她经常会在一首诗中空几个字，因为找不到她认为恰当的字去填补。找不到适合的字，就一直空着，有时空了好几年，她就宁可好几年不发表这首诗。这样的空白里，是一个诗人的"苦吟"之魂。

老子在《道德经》中写道:"三十辐共一毂,当其无,有车之用。埏埴以为器,当其无,有器之用。凿户牖以为室,当其无,有室之用。故有之以为利,无之以为用。"这段话的大意是:三十根辐条凑到一个车毂上,正因为中间是空的,所以才有车轮的作用;将陶土放入模型中制成器皿,正因为中间是空的,所以才有器皿的作用;凿了门窗,盖成一个房子,正因为中间是空的,才有房子的作用。"有"带给人们便利,"无"则发挥了作用。圣哲之言,真是令人醍醐灌顶。

五代书法家杨凝式喜欢去寺庙游玩,如果见到寺庙的墙壁光洁,即箕踞顾视,似若发狂,引笔挥洒,且吟且书,直到书其壁尽才肯作罢。这些"壁书"没有保存下来,但丝毫不影响杨凝式的书法家地位,仅一篇《韭花帖》就足够了。苏东坡也是如此,见到白纸就想写字,根本无意做书法家。有时候越洒脱,反而越能流传千古。对这些有趣的灵魂来说,那些"亲爱的空白"是多么诱人啊!

我在《风吹开哪页,就读哪页》里写道:"从前,遇见空的东西,总喜欢往里面填充另外的东西,以使其丰盈。比如,遇上一面白墙,总喜欢涂鸦;遇到一块平整的雪,总喜欢印上脚印;遇到一个空瓶子,总喜欢插上花,或者灌入烈酒,顺便泡一点儿枸杞……如今,见到空的事物,喜欢让它们就那样空着。"

空的事物,总有曼妙的回响,比如寒山寺的巨钟,萧江镇的大鼓。空是竹篮打水,所有人都看到徒劳,诗人却看到千丝万缕的联系。无字天书上的空白,暗藏宇宙洪荒的玄妙;无字碑上的空白,浓缩了万千评说,不着一字,尽得风流。

有部电影里的主角是个公交车司机，生活既无聊又机械，他最大的爱好就是每天在一个笔记本上写些小诗，后来因为疏忽，这个笔记本被他家的斗牛犬撕得粉碎。他惶惑不已，却又无话可说，仿佛生活里唯一的微光也在那一刻熄灭了。但是，短暂的悲痛过后，一切如常，他仍旧简单地、机械地活着。电影最后，他在瀑布前遇到一个人，这个人给了他一个新的日记本，并对他说："有时候，空白代表着更多的可能。"

空白代表着更多的可能。空白，是天涯，也是咫尺，是寒江一钓，也是桃花十里；空白，是无尽，也是抵达，是苍茫万世，也是当下点滴。

| 贰 | 生活篇

花　酿

陆 苏 / 文

天黑时，我喜欢坐下来，和植物一起享受歇下来的美。

一天的劳作后，洗净身上的泥土和疲惫，穿上宽松的麻布衣服。那米白的麻布在小溪里浣过，在池塘里濯过，在水库里漂过，洗得浮纤散尽，筋骨显现，柔韧且有了丝的光泽。每一个经纬交织的地方都像开着一格格虚掩的中式小窗，一字襻扣妥妥地把两片大门似的衣襟拢起。

这样的衣服穿在身上，有天地人和的安稳妥帖，有国泰民安的泰然自若，有琴瑟在御的和顺静好。虽然夜是黑的，但是衣服内的身体和心情都是明亮的，让人不再害怕黑夜。

在门口的青石地上放一张竹榻，和家人一起坐在上面缓慢地喝一壶热茶，或者欢快地吃井里冰镇过的西瓜，或者吃房前屋后树上现摘的桃、梨、葡萄，又或者什么都不吃，就躺在竹榻上感受微风掠过的美。一切都符合最本真的田园画风。

或者让自己在离地一尺的椅子上斜躺着，感觉是一朵开好了的花歇在缓缓吹过来的凉风的膝上，虫唱的和声似乎给了夜空微光，栀子花、柠檬花、晚饭花，把所有在露天纳凉的凳子、台阶、陶罐、簸箕都染上了香。

　　人若在院子里走上一圈，不需要刻意，衣袂间甚至会扬起半个月前留下的花香，那种被日子轻酿过的香也许可以叫花酿，有让人微醺的酒意。

　　十米外是妈妈的小菜地，几只萤火虫掌着灯在上面巡飞，是微服私访打探蔬菜的闺中秘事呢，还是防着谁来偷菜？那萤火虫抓得了的小偷该长得多么的小啊……

　　那些从土里自然生长出来的草本的生命，那些不费笔墨自来自去的玫红葱绿，那些不需用碗盛的随心收藏的花香，只需要有一颗安静而感恩的心。

　　我想，它们的好，我看见了，我喜欢了，它们就算没白来一趟。

　　万物大美，怎样都是醉人的。

靠山靠水靠自己

沈岳明 / 文

《醒世恒言》里引用过一句话:"靠山吃山,靠水吃水。"意思是说,自己所在的地方有什么,就依靠什么生活。

1634年,冯梦龙任福建寿宁知县时,曾微服去民间采风。一次,他来到一座大山中,因走得累了,想歇息一下,突然看见一间茅屋,便过去跟主人讨口水喝。在喝过水、歇息一阵之后,冯梦龙便与主人交谈起来。冯梦龙问:"你身处大山,怎么生活呢?"那人说:"靠山吃山呗。"原来,那人是一个樵夫,每天靠把从山上打的柴挑去集市上卖了,换来一些微薄的收入生活。

随后,冯梦龙又遇到一个富户。冯梦龙觉得奇怪,这么偏远的山区,居然还有这么富有的人,于是问那人:"你身处大山,怎么生活呢?"那人说:"靠山吃山呗。"原来那人在山区开了家旅店,专门接待来此采风的文人墨客,结果赚了大钱。

还有一次,冯梦龙来到海边采风。在观赏了大海的风景之后,他随意上了一条小木船。冯梦龙问木船的主人:"你住在水边,怎么生活呢?"那人说:"靠水吃水啊。"原来,那人是个打鱼的,每天划着这条小木船，沿着风小的海边打捞一些小鱼小虾，拿去集市上卖了，勉强度日。

随后，冯梦龙又遇到了一条大船，便问大船的主人是怎么生活的。大船的主人也说是靠水吃水。原来，那人是专门做货运生意的，靠着这里丰富的水运资源发了大财。

回到县衙，冯梦龙写了一句话："靠山吃山，靠水吃水。"可是，刚刚写完，又觉得不妥。为什么都是靠山吃山，靠水吃水，有的人生活得好，有的人却生活得不好呢？随后，他又写了一句话："靠山靠水，不如靠自己。"因为他觉得，虽然从表面上看，大家都是靠山吃山，靠水吃水，但其实都是在依靠自己的本事吃饭。

数晨夕

杨无锐 / 文

古人谈到日、日子，有很多精彩的警句、精妙的想象，但令我印象最深的，是一个平淡无奇的句子。陶渊明《移居》的第一首，开篇说：

> 昔欲居南村，非为卜其宅。闻多素心人，乐与数晨夕。

从前读陶诗，常常错过这句，最近读，感到震撼。震撼我的，是"数晨夕"的"数"。

"数晨夕"，译成白话，便是数算日子。身为现代人，我经常数算日子。等一通电话、一条短信、一个人、一个结果，就得数算日子。不但数算日子，简直数算分秒。我们期待一个时刻，为此数算，其实是希望删掉正在数算的时间，直接达成目标。我希望删掉时间，于是我真的成功了。我没办法让时间变短，却可以让时间变得可憎，甚至无意义。当我数算日子的时候，我就活在一段被勾销了意义的时间里。我想要快点儿逃出这段时间，因此成了这段时间的囚徒。

就好像，现代人发明了电影，也发明了电影快放功能。

凡我数算的日子，都只具有工具价值：它们不过是通向目标的绕不开的路而已。目标太光彩、太诱人，路，就成了必须忍受的乏味。数算日子，无非是想告别周而复始的乏味。

陶渊明不这样数。他是"乐数"。"乐与数晨夕"，是欣喜地数。他不恨重复，他欢喜这周而复始的日子。一日将尽，盼着"再来一次"，是乐。来日无多，竟然还能"再来一次"，是乐。凡数过的日子，不是为了别的日子，每个日子都值得"乐数"。它们不是逃之而后快的牢狱，而是乐之而觉不足的恩典。

没错，我数算日子，潜台词是"该死，快点儿过去吧"。陶渊明的潜台词可能是"真好，再来一次吧"。

现代人为了各种目的而活。目的达成之前，人们拼命把日子填满，拼命玩儿出花样，因为这样的日子比较容易忍受。"再来一次吧！"只有沉浸在游戏里的孩子才会这么说。孩子渐渐长大，渐渐不说"再来一次吧"，他们的新愿望，是"来点儿别的吧"。直至倒卧病榻，他们才懊恼，活着这件事，真想"再来一次"。

我们通常把追求新奇视为生命力旺盛的表现。换一个视角，憎恨重复也可能出于生命力的衰朽。

把日子视为财产，我只想抓住"我要的日子"；把日子视为馈赠，我才学着悦纳"我有的日子"。

"乐与数晨夕"，不是生活的技巧，而是生活的责任。日子不归我所有，所以我没有糟蹋的权利。日子不归我所有，所以日日是好日。

夏天的质地

谁最中国 / 文

法国诗人勒内·夏尔说:"夏季与我们的生命曾是同一种质地。"

终于走进盛夏,酷烈的阳光,激越的蝉鸣,淋漓的汗水,蒸腾的万物……一切好像凝固了,一切又好像流动着。

我们在夏天的包裹里,与之肌肤相亲,唇齿相依,真切地感受它的质地:有一种汹涌的力量,让一切不眠不休地疯长;有一种深沉的寂静,蕴含在青绿的深处;有一些刹那清凉的幸福,诸如晚风、月色、彩虹;还有一些缥缈不可触摸的回忆,在每个夏天都会苏醒……

记得上海有条路,路两旁巨大的香樟树在夏天会通过绿色在空中结盟,搭出一条蔽日的通道。清晨走过,我常觉得那绿浓得好像要滴出水来,就连褐色的树干都透着隐隐的绿色,渗透进每天的心情,没来由地让人欢喜。

北京的胡同里常见巨大的国槐,一棵树就是一把擎天的绿伞,树叶像泉水般一重一重地往外冒。有的树枝叶子太多了,无法伸展,只好不管不顾地从枝子上坠下来,很有泼辣的风范,好像在对要修剪它的园艺工人说："我就要这样长，我才不想要什么造型呢！"

在我的老家，有好些破败的院落，一到夏天，植物霸道生长，几乎没有人的下脚之处。那些割人的藤蔓爬上院墙，爬上院子里的柿子树，爬上堆放的农具，爬满蜿蜒的石板小路；而春风吹来的榆树种子、鸟儿衔来的楮树种子，已经在院子各处生根发芽，长成一人多高的树苗；还有各种叫不出名字的杂草，错落参差地争抢着阳光……

饱满、热烈、张扬，生命的激情如熊熊烈火，只管铆足了劲儿地燃烧，直到耗尽最后的能量。

这就是夏天。夏天是永远的青春。

|贰|生活篇

给今天起一个好名字

祝 勇/文

当一个小生命诞生的时候,惊喜的父母总要运用他们的智慧为之取一个好名字。因为这个名字即将成为襁褓中的婴儿的一部分,伴随他一天一天成长,跟随他踏遍红尘,经历一生的风雨。每一个从梦中醒来的早晨,坐在床沿眺望窗外,看着朝阳踏破彩云的襁褓攀向高处,我时常想,这崭新的一天,不就是一个新诞生的婴儿吗?我要为他起一个响亮的名字,再悉心地呵护他、培育他、充实他、赞美他,让他成为无愧的时间之子。

今天的名字可以叫——让风筝上天。这真是一个好名字,你没感觉到今晨的阳光是那么绚烂、天空是那么晴朗、空气是那么馨香吗?那么,让我们一同到草地上放风筝吧,让我们脚踏晨露,迎着清风疾跑,让我们青春的朝气与奔放的热情和风筝一道,高高地在天宇飞翔吧。

今天的名字可以叫——画出心中的彩虹。绚丽、光艳的彩虹是大自然多么奇妙的造化,孩提的时候,我就喜欢拿着蜡笔,在洁白的纸上画出七彩的虹。那么今天,在这彩虹般美丽的时刻,就让我们以向往为画笔，在心灵的画布上，描绘出一幅最动人心魄，让人魂牵梦萦的生命画卷吧！

今天的名字可以叫——与你深情相遇。在今天，我会与多少不同于昨天的美妙感受、思想、事件、人物不期而遇啊。就在今天的某一时刻，我会在外出的路上，在漫步的途中，在平静雅致的沙龙里，在平仄顿挫的线装书里碰上他们。我会整理好一份心情，像赴一次爱人的约会一样，满怀欣喜与盼望，与他们深情相遇。

今天的名字可以叫——站成一棵树。在平凡而不平淡的日子里，我不做娇艳欲滴、夺人眼球的花朵，却要站成山谷里那棵沉静的树。我要沐浴明媚的阳光，啜饮天地的甘露，领略无尘的清风，将它们化成我身体里的每一个细胞。当然，我也准备经历狂风暴雨，并在风雨中长成结实的身体，练就不屈的筋骨。

不论今天是晴朗还是阴霾，不论今天是欢乐还是忧伤，给今天起一个好名字，就是替一支时时不经意的从唇边滑过的优美乐曲配上动人的歌词，就是为人生这部厚书写下一个小小章节的标题，就是给属于自己生命的崭新日子一份心灵的承诺……

叁 成长篇

大 气
简嫃/文

看到一个大气的人，好比行走于莽莽野草之地，忽然撞见一棵森森大树，当下的喜悦，是带着感动的。不独在烈日之下找到一处凉荫，可以憩息；也在微风习习中，聆听了千叶万叶相互的交谈。

它引导人进入平和的心境，去分享栖息于树上的鸟啼或不知躲于何处的蝉鸣。树并不因为群鸟在此结巢而失去光华，也不会因孩童任意地摘果而枯萎，它仍是一棵大树，昂然而无憾地尽一棵树的责任，它使前来的生灵都不约而同地展现它们优美的一面。

大气的人也如此吧！

他甚少在公众场合振臂疾言他的理想、抱负，因为他知道过多的言论若不能落于实践，无疑是污蔑了自己；他也避免将别人的隐私当作茶余饭后可供谈论的资料，以润滑个人的人际关系。

在竞逐名利、不择手段获取利益的社会风潮里，他总有分寸，懂得替前人后辈留一席空间。他深知人之一生不应只是一场征伐的过程，而是淬炼自己精神人格的唯一机会。他乐于将一生耕耘的成果与众人分享，作为对世人的报答。

一个大气的人，也是一个稳若泰山的人，不必夸耀其臂膀厚实，自然生出令人向往的信任感，犹如众鸟归巢。他不曾提起显赫家世，以引起他人艳羡；也不必提起清苦门楣，变相夸耀自己奋斗的能耐。

他只是他，无从得知他的靠山在哪里，犹如地面的人不得测知地之深。对大树而言，靠山就是它的根。大气的人亦如此吧！

大气的人也是平凡人身，自有七情六欲的缠缚，但他多了一层自省沉思的功夫，懂得返回内在的明镜灵台，拔除人性中粗糙的成分。他愿意独自与生命的纯真本质对谈，把一生当作是对它的盟誓。

大　地

[捷克] 卡雷尔·恰佩克/文　○贾毓婷　译

早在我那已经去世的母亲还年轻的时候，她很喜欢玩扑克牌。她总是从牌堆里抽出一张纸牌，然后喃喃地说："我踩的是什么呢？"当时我还小，不明白她为什么总是对踩在脚下的东西感兴趣。多年以后，我也开始对踩在脚下的东西感兴趣了——我终于发现，我是踩在大地上的。

人们从不关心自己的脚下踩着什么。他们不知疲倦地忙来忙去，偶尔闲下来四处张望的时候，会在不经意间抬起头，看看蓝天上飘浮着的美丽云朵，或是望望远处地平线之上的青山，却从不低下头去，给脚下那片土地一声问候或赞美。

老兄，哪怕你只拥有巴掌大的一片花园，哪怕只有一小块花圃，你也得知道，你的脚下踩的是什么。你要知道，泥土可能是酸的、硬的、黏的、湿的、冰的，也可能是腐坏的，或包裹着许多石头的；可以像姜饼一样蓬松而温暖，也可以如面包般细腻而柔软。

当你将木棍插入那蓬松而柔软的土壤时，当你的手指感受到松软而微温的小土块时，一种发自心底的疼惜之情就会油然而生。如果你体会不到这种特殊的美感,那就让命运之神送你几亩黏土地作为惩罚吧!

黏土是一种像晴间多云、偶有阵雨的天气一样不可捉摸的东西,能把你搞得团团转:用锄头一锄,它就像口香糖一样软绵绵的;太阳一晒,它就焦黑龟裂;在树荫底下一晾,它又腐坏发臭。无论你想出什么样的方法,无论你多么努力地驯服它,它始终无动于衷。这时你才真正了解,当充满生机的大自然横下心来保护自己的时候,会以怎样的冷酷和敌意来对抗这个世界;你也就此明白,植物要经历多少磨难和奋斗,才能在地下生根。

这就是生命,无论是人还是植物,经历许多磨难和奋斗,才能在地下生根。这就是生命,无论是人还是植物,都是一样的。

奇迹在坚持中

曹卫华 / 文

这是发生在我大学期间的一件事,至今犹记在心。

公共课"社会学"的老教授给我们出了这样一道题目:如果一件事的成功率是 1%,那么反复尝试 100 次,至少成功 1 次的概率大约是多少? 备选答案有 4 个:10%、23%、38%、63%。

经过十几分钟的热烈讨论,大部分人都选了 10%,少数人选了 23%,极个别人选了 38%,而最高的概率 63% 却被冷落,无人问津。

老教授没作任何评价,沉默片刻后,微笑着公布了正确答案:如果成功率是 1%,意味着失败率是 99%。按照反复尝试 100 次来计算,那失败率就是 99% 的 100 次方,约等于 37%,最后我们的成功率应该是 100% 减去 37%,即 63%。

全班哗然,几乎震惊。一件事倘若反复尝试,它的成功率竟然由 1% 奇迹般地上升到不可思议的 63%。

有一句名言是这样说的:"要在这个世界上获得成功,就必须坚持到底,剑至死都不能离手。"其实任何人成功之前,都会遇到许多的失意，甚至难以计数的失败。你选择了放弃，无疑就放弃了一个成功的机会，因为轰轰烈烈的成功之前的失败，往往离成功只有一步之遥。自古以来，那些所谓的英雄，并不比普通人更有运气，只是比普通人更有锲而不舍、坚持到最后的勇气罢了。

干净的容颜

罗 西/文

采访过一位生意人，开饰品店的，干净的面容、干净的眼神、干净的打扮。他的生意一直很好，回头客很多。他的经验里，我最感兴趣的一条是：他找给顾客的钱，全是新的、干净的、无折痕的——他每天都要去银行换新纸币以及锃亮的硬币。顾客收到找回的钱，心里往往会有这样一个推断：连钱都可以那么干净，人应该不坏，也更可信。

在浮躁喧嚣、尘土飞扬中，很多人在竞争、奋斗的过程里，渐渐变得好斗、复杂、神经质，要么一脸浑浊，要么满面愁怨。有一天，一位女同事认真地表扬我："你是怎么保养的？人到中年，还可以有这样清澈的眼神，而且还带着无辜……"她笑说，这是最好的生命保鲜。

我很享受人们说我"显年轻""比实际年龄小 10 岁"，是的，我认为这是一种赞誉。只是，没想到那位同事可以更进一步看到我显年轻的根源，那是眼神的清澈、单纯。眼睛是心灵之窗，内心干净，才会有眼神的干净。很多时候，你的沧桑，是因为心老而导致满面尘埃。

小时候，幸福是件很简单的事；长大后，简单是件很幸福的事。一个面容干净的人，一定不坏，他心里常常住着一个小孩，天真无邪，无形中替其抵御了城府或者腐败。内心干净的人，因为单纯而显得年轻，甚至会有些淡淡的青涩与害羞。

简单、天真、自然、干净，到了一定的年龄后，"干净"就会转化、提升为"清雅"，这是一种返璞归真的人格魅力。清雅不仅仅是气质，更是一种可贵的品质，这何尝不是一种岁月的奖赏？

攀岩者

郁喆隽 / 文

想象你自己被悬挂在一面巨大的墙上，这面墙高达 900 米，比世界第一高楼还高出 80 多米，而且完全垂直。墙的表面非常光滑，只有几条裂缝，手指勉强可以插进。光想象这样的场景，说不定都会引发一些人的恐高症。

这面"墙"，就是美国约塞米蒂国家公园里著名的酋长岩。2017 年 6 月 3 日，一名叫亚历克斯·霍诺尔德的攀岩者，在没有采取任何保护措施的情况下，首次只依靠四肢就登上了它！这种攀岩方式被称为自由攀岩（也叫徒手攀岩）。他全程只用了不到 4 小时的时间。

亚历克斯在他的演讲中这样描述攀岩过程："在我和山顶之间有一块光滑的花岗岩。没有任何可以抓住的裂缝或边缘，只有细小的纹理分布在垂直的岩壁上。我只能把自己的生命托付给攀岩鞋和光滑的花岗岩之间的摩擦。"巨石最窄的边缘只有铅笔那么宽，而他只能用 3 到 4 根手指支撑起整个人的重量。亚历克斯知道，哪怕任何一丁点儿错误都是致命的。徒手攀岩界的很多顶尖高手都因不慎，最终坠落山崖而亡。

在大自然里,酋长岩只不过是地球表面的一小块凸起的地方。一个人站上或者从这块凸起处坠下,本是没有意义的。然而,在自然界里,再也没有像人这样的生物——他会用几十年去准备,克服自己内心强烈而且持续的恐惧,不懈地挑战地心引力,冒着随时可能丧命的危险,发誓要登上这块凸起的石头。

对人来说,自己的目标就是意义。

只看半场电影

李筱懿 / 文

我曾经在电影院见过一对夫妻,丈夫居然带着旅行箱看电影。

在电影放映到三分之二处时,丈夫起身摸了摸妻子的头发,很亲昵,然后拖着箱子离开。

对此,我很诧异。

电影散场,灯亮起来。很巧,那位妻子认出我,她说看过我的书。我问:"你先生有事先离开了吗?"

妻子说:"是啊,他在外地工作,我们俩异地生活很多年。我特别喜欢看电影,所以他每次临行前都陪我看一会儿再去机场。"

我问:"只看半场不会觉得遗憾吗?"

妻子说:"不会啊!我会把接下来的剧情告诉他,我们就多了一个话题呢。他在家的时间少,家事又很多,老人孩子都要照顾,就算我们俩只看了半场电影,也是彼此陪伴,总比连一半都没看强吧。生活就是这样,老想着找到完美答案,就没有答案;老想着做到完美,就不会去动手完成了。"

我被她的话触动,因为我经常以"完美主义"为理由,不去做一些事。比如太忙了，那就不给爸妈打电话，时间不够，干脆就不联系；比如一项工作，我要等到万事俱备，才动手去做，于是一拖再拖，最后不了了之。

假如别人看半场电影都觉得幸福，我为什么不能"先完成，再完美"呢？

从那以后，我便凡事想得少，但做得多，即便没准备好，也边做边调整。最后，很多事情都出现了转机。在完成的过程中全情投入，一丝不苟，慢慢地，也能实现完美。维纳斯的雕像那么美，也是先有了姿态，而后精雕细琢。海明威说，一切文章的初稿都是"狗屎"，得慢慢修改，才能完成。

在阴晴圆缺的生活中，在几乎不存在完美的世界里，活出属于自己的圆满，是一种本领。

所学都忘掉

何帆/文

拥有的知识并非越多越好，获得的信息也并非越多越好。有时，一个人接收的信息越多越糊涂。

真正的学习并不是像守财奴积攒财富那样积累知识，而是要像磨炼自己的赚钱能力那样，修炼见微知著、见头知尾的洞察力。为了培养这样的能力，你要随时以一种空灵、开放的心态接受新事物。真正重要的知识，是你忘记了之后还能留下的东西。

我很喜欢《倚天屠龙记》里的一段故事：强敌当前，临阵磨枪，武学大师张三丰要将他新创的太极剑法教给张无忌。张三丰将剑招慢吞吞地演示了一遍，然后问张无忌能记住多少。张无忌说，能记住一小半。张三丰又演示了一遍，这一次的招数竟然和前面一次完全不同。他又问张无忌能记住多少，张无忌说，只能记得三招。接着，张无忌沉思半晌后说，已经全忘了。大家都很着急，张三丰却说："不坏，不坏，忘得真快。"他的意思是张无忌已经学会了。

老师需要传授给学生的，不是"剑招"，而是"剑意"。临敌以意驭剑，才能变化无穷。培养这样的洞察力，关键在于寻找事物之间的微妙联系，寻找趋势变化之前的蛛丝马迹。

　　随时保持备战的状态，随时准备从零开始，才能进入修炼洞察力和大局观的境界。我们体内的免疫系统，无时无刻不在准备应对可能出现的各种病菌。无论你是清醒或是酣睡，它们永不休息。你要培养的洞察力和大局观，也是这样一个深藏不露的系统。

纷繁的求生

华姿/文

在朝阳下,一只苍鹭正在为它的孩子捕食。它衔着一根小羽毛,在溪边慢悠悠地走着,一边走一边仔细地扫视溪水。溪水潺潺地流着,清澈见底。过了一会儿,苍鹭突然止步,并把羽毛丢在水上。少顷,一条小鱼游了过来。很显然,小鱼把羽毛当成了食物。当小鱼靠近羽毛时,苍鹭便疾扑过去,一口叼住了它。

在雨后的森林里,一只狐狸不幸被猎人击中,它犹疑了一下就倒在地上。猎人很快赶了过来。他踢了踢狐狸,狐狸一动不动。他又拎起狐狸晃了晃,狐狸还是一动不动,就跟死了一样。于是猎人把它放在树下,就去别处打猎了。当猎人打完猎回来收集猎物时,狐狸不见了。因为它本来就没死,猎人一走,它就跑了。

雷鸟是寒带特有的鸟,其自我保护的方法就是根据四季的变化来换羽毛。冬天,森林里白雪皑皑,银装素裹,它就换上白色的羽毛,除了头顶和尾尖,其他地方都是白色的,连脚都是白色的。春天,森林里万物复苏,繁花点点,它就换上白底黄斑的羽毛。夏天,森林里一片葱茏,它就换上树皮色的羽毛。到了秋天,万物凋敝,草木枯黄，它就换上深栗色的羽毛。如此一来，它的天敌就很难发现它了。

沙漠的中午，酷热难当。一只蜥蜴便爬到沙丘顶上去吹风。可地面实在太烫了，蜥蜴只好不停地换腿站立。它先用左前腿和右后腿撑住身体，少顷，便换成右前腿和左后腿，瞬时，又换成左前腿和右后腿。就为了那偶尔吹过的一丝丝微风，整个中午，蜥蜴都在忙个不停。

红鲷鱼种群实行的是一夫多妻制。一个红鲷鱼家庭往往由一条雄鱼和数条雌鱼组成，雄鱼是雌鱼的头儿和一家之主。因此，当雄鱼身亡后，雌鱼们就会六神无主，陷入恐慌。但是，当它们围着雄鱼悲伤地游动时，雌鱼中最强壮的那条，游着游着，就变成了雄鱼。这意味着，它成了新的一家之主。当它带着只有雄鱼才有的鲜艳体色在鱼群中游弋时，雌鱼们立刻就平静了。

暮色苍茫时，一只红点颏在草丛中开始鸣唱。它"唧唧吱唧唧吱"地唱着，声音一会儿舒缓，一会儿急促，听起来就像蟋蟀在鸣叫。蟋蟀不是用嗓子而是用翅膀发声的，但此时，红点颏却发出了跟蟋蟀一样的声音。于是，一只蟋蟀急匆匆地从草丛的另一端爬了过来。当它靠近红点颏时，红点颏一张口，就把它吃掉了。

万物皆我师。人常说要突破自己，但事实上人不可能什么都做。鱼不能做鸟的事，鸟不能做兽的事，兽不能做人的事，人不能做"神"的事。这就是局限。人若能看清自己的局限，就不会自大地以为自己无所不能了，就会放下自傲，停止自诩。随骄傲来的必是羞耻，随谦逊来的总是荣耀。

从控制思维到赋能思维

程驿/文

从表面上看,那些成功人士都是通过高度的自我管控才实现突破的,实际上他们是做好了赋能,即源源不断地赋予自我或团队能量。

这是什么概念呢?分享一个故事大家就明白了。

作为曾经的公路自行车爱好者,有一次我和一个前省级公路自行车队的朋友在周末相约骑行。当天很热,我们的目标是70千米外的一个古镇,当天往返。那是我第一次骑那么远的路程。

在一段持续上坡后,我累得不行,即使停下来休息了几次还是很累。朋友仔细观察后,发现是我的骑行姿势有问题,导致我单次呼吸的时候,没有足够的氧气进入肺部。

我调整以后情况好多了,但是骑了50千米后,看着导航显示还有20千米的距离,我感觉又不行了。

朋友的建议是,千万不要总盯着那个最终目标,要研究每一段路。比如,在这个弯道该如何去拐弯,在这个直道该采取什么样的呼吸频率。

总之，通过这次经历我才真正学会了骑行，从小镇返回的那 70 千米就显得十分轻松了。

多数人以为成功就是咬紧牙关，拼搏到 70 千米之外的目标，但想想那个可怕的人生拐点，你需要坚持多久才能真正达到？记住，如果你是用意志力来完成突破，那你多半还停留在初级水平。

在高手的眼中，成长充满了乐趣。他们能找到沿途自我赋能的方法，源源不断地给自己补充能量。

真正的领导力是做自己

万维钢 / 文

怎样做一个真正的大人物？哥伦比亚大学商学院教授希滕德拉·瓦德瓦在新书《内部掌控，外部影响》里特别引用了达·芬奇的一句话："你永远都不会有比对自己更大或者更小的支配权。"就是说，你得有一个强大的精神内核。你能在多大程度上掌控自己的内心，才能在多大程度上支配外部事物。

有个青年女化学家叫芭贝特，她所在实验室的老板叫戈登。戈登是行业翘楚，但是脾气不好。有一次，芭贝特找戈登讨论前一天交给他的论文，戈登一见面就说："你这篇论文纯属垃圾，我已经扔垃圾桶里了。"

一个小人物被老板这样批评，该怎么办？芭贝特接下来的这段话，可以写进教科书。

芭贝特说："我写得的确不行。我每次读您写的论文，总会想您怎么能写得如此清晰明了，这也是我想要跟您一起工作的原因。去年秋天您给我提供这个职位的时候，我真的太兴奋了。咱们现在这项研究成果非常重要，如果我这篇论文能写好，可能会产生巨大的影响。论文已经这样了，您看看能不能给我一些建议？我想跟您学习怎么把论文写好。"

戈登态度立马好转，把论文从垃圾桶里翻出来，跟芭贝特一起修改。

我们从芭贝特这段话里至少能找到5个谈话技巧。1.先用认同提醒对方"咱们是一伙儿的"。2.表达赞赏，调动情感力量。3.帮对方看到事情的另一面，虽然论文写得不好，但研究做得不错。4.重申双方共同的价值观，都是为了让论文产生影响力。5.提出具体行动方案，以此建立起共同成长的伙伴关系。

你可能很熟悉"谈判技巧"等谈话技术，但这些都不是最重要的。我们真正应该注意的是，在这番对话中，芭贝特和戈登两个人，究竟是谁在领导谁？

答案显然是芭贝特在领导她的老板戈登。这就是领导力。领导力比的不是岗位指令顺序，而是内核的大小。芭贝特真正了不起之处并不在于她使用了哪些话术，而在于她内心强大，可能比戈登还要强大。

瓦德瓦有个女学生，13岁的时候得了一场重病，在医院里等待手术。有一天，医生将她的父亲叫到病房外，说了2个坏消息：1.你女儿的病情已经非常严重，原计划一星期之后的手术必须得提前到今天晚上。2.医院出现了一个状况，没法给孩子提供麻醉，手术只能在没有麻醉的情况下进行。

没有哪个父亲受得了这样的打击，但是回到病房，父亲带给女儿的，却是2个好消息：1.医生说今天就可以做手术了，不用再等一星期，这意味着3天之后你就能出院回家了！2.医生们一直在观察你，他们认为你是最勇敢的少女，所以手术甚至不需要麻醉！

很多年以后，女孩才知道这番话背后的真相。她早就忘了当年自己是如何经历那场手术的，但是她永远都记得父亲给她带来的好消息。

这是广义上的领导力。领导力不是说你非得指挥谁、调动多少资源，也不一定是使用什么套路或者权谋。领导力是你能不能、敢不敢让人、让事情产生积极的改变。

真正的领导力是做自己。多数人都是按剧本走，别人安排什么就干什么，那等于是工具人；只有当你跳出剧本，表现出主动性的时候，你才算活出了自己。

坐网与耐烦

陆小鹿 / 文

读《夏洛的网》，对书中的一段对话颇有感触。有一天下午，蜘蛛夏洛告诉小猪威尔伯，人类用了八年时间建成昆斯伯罗大桥。威尔伯天真地问："人类是在昆斯伯罗大桥上捉甲虫吗？"夏洛说："不，他们不捉任何东西。他们只是在桥上走过来走过去，老以为另一边有更好的东西。如果他们在这桥顶上倒过头来静静地等着，也许真有好东西会来。可是不——人类每分钟都在向前冲啊，冲啊，冲啊。我很高兴我是一只坐网的蜘蛛。"威尔伯又问："坐网是什么意思？""意思是我大部分时间一动不动地坐在网上，不到处走。好东西我一看就知道，我的网是样好东西。我固定不动，等着东西送上门来。趁机还可以好好想想。"

《夏洛的网》发表于1952年，距今已有71年，然而夏洛对人类的评价，今天依然适用。环顾身边，我们绝大多数的人每天步履不停，唯恐掉队，在你追我赶中逐渐失去了从容、优雅和平静，取而代之的是无限循环的疲倦、焦躁和恐慌。我们早已忘了，有些时光只能用来静静等待。

"一席"曾邀请朱赢椿做过一次演讲，让我印象深刻的是他的演讲题目——《慢慢慢下来》。朱赢椿在南京师范大学有一个工作室，他在那里待了十几年，像夏洛一样安心"坐网"，种菜、养虫，他结识了各种各样的虫子：扁锹、拉步甲、广翅蜡蝉、雪虫、草蛉幼虫、桑天牛、斑潜蝇……他写了很多观虫日记，也画了很多图，陆续出版了几本书，做成了自己想做的事。有意思的是，朱赢椿还出版了一本书——《蛛嘱》，讲的是蜘蛛的一生，让我觉得他和夏洛似乎是认识的，他似乎也听过夏洛和威尔伯的对话。

为什么朱赢椿能"坐网"？因为坐网需要"耐烦"。耐烦，即耐得住寂寞，耐得住冷清，耐得住诱惑，耐得住不从众，耐得住坚守自己的选择而不被别人的行为所牵制。我们经常说"我很不耐烦"，但我们很少说"我很耐烦"，至少我自己不说，也没听过身边人的这么说，但汪曾祺说沈从文就很爱用"耐烦"二字。

沈从文评价自己不是天才，只是耐烦。他称赞别人时，常用的是"要算耐烦"。看见儿子小虎搞机床设计时，说"要算耐烦"。看见孙女小红做作业时，也说"要算耐烦"。他的"耐烦"，意思就是锲而不舍，不怕费劲，不急不躁。沈从文一生写了很多作品，被称为"多产作家"，但其实他写东西并不快，只不过常常夜以继日地写，心无旁骛地写，不到七万字的《边城》，写了半年。所以，成功者哪有什么别的窍门，唯有踏踏实实，甘于耐烦，带着韧劲，多加沉淀。

余世存在《时间之书》里有一句话我很喜欢，他说："你做三四月的事，在八九月自有答案。"

持 盈

郭华悦/文

赢与盈，音同，方向却迥异。

赢者，外向也。一门心思想着赢的人，容易将目光过分集中在对手身上。虽然也想过提升自己，以赢得胜果，但多数人在内外之间，往往不能兼顾，容易顾此而失彼。长此以往，最后的结果便成了眼里只见对手，不见自己。

往外走的路，容易越走越窄。赢的目的，是要压下对手，除去对手的威胁。赢了一个对手，还会有下一个。但总的目标，还是在做减法，让对手越来越少。最后，只剩自己一个人立于最高处，赢这条路也就走到了尽头的最窄之处。

一味往外走，方式也容易演变成损人不利己。忽略了提升自己，这于己不利。而在自身实力并没有明显变化的前提下，如何超越对手？削弱对方，无疑是一条捷径。于是，"内卷"不断，扯后腿不停。一场竞争，最后场面变得极难看。

与之相反的是盈。盈者，内向也。将目光转向自身，充盈自己，这是一条往内走的路。任对手百般手段、千变万化，我自泰山崩于前而面不改色。根据自身长短，寻求适合自己、充实内心的一条路。顺着这条路走下去，内心充盈，大巧若拙，大智若愚，胜利的果实不求自来。

比起一味求赢，懂得内心持盈的人无疑多走了一步。持盈者并非内心淡然而不想赢，相反是想赢且找到了能赢并可持续赢的方式。对手一个接一个，每个人都各有所长。要在诸多对手中脱颖而出，最后的道路无非一条，就是充实自己，提高自己，让自己的实力凌驾于诸多对手之上。

懂得持盈的人，能不计较眼前短暂的名利得失，把胜败转变成充盈内心的可持续之道。长此以往，最终也就赢得了人生的甜美果实。

内心如瓷

李丹崖 / 文

到了景德镇，我没有去看鳞次栉比的瓷器商店，而是先去了几家小众的工作室瞅瞅。商店里的瓷器，大同小异、千瓷一面，了无新意，还是匠人或艺术家的工作室，让人好奇。

走进一家名叫"抱一堂"的工作室，我看到一位年纪尚轻的艺术家在工作。他在一块已经烧制完成的瓷板上进行创作，画的是钟馗。他画的钟馗与别人的不同。别人画的多是怒目金刚状，鬼神见了，怕是都要退避三舍。他画的钟馗憨态可掬，雍容中透着些许禅意：钟馗身着红袍、两眼调皮诙谐，正趴在门缝边，门外，一只鸟儿立在酒坛上啄他的酒喝。上面还有一段文字：今日老钟无约会，知趣鸟儿望同醉。我喝二两你一口，不求同生愿同睡。落款是"子沧"。

这幅画，有一些"遇酒且呵呵，人生能几何"的意思，也暗示了孤傲不群的"老钟"不愿与世俗同流，他选择与一只鸟儿做知己。画风闲适、恬淡，让人想起写意山水画的意趣。我就那样站着看这位名叫子沧的画家画完整幅画。然后，他把瓷板放在一边，晾干后，再次送到窑中，进行二次烧制。

"万一烧制失败了呢?"我问。子沧先生说:"做瓷画,不可太过认真。得之我幸,不得我命,反倒快乐。不然,苦心画出来的一幅画,成了废品,只会徒增烦恼。"子沧先生说着,拿给我一块已经烧成 90 度角的条屏说:"本来它是笔直的,烧制以后,蜷成这样,人累,瓷也累,但不妨碍它成就一种慵懒美。世间万物,一出生,就各有宿命,没有谁不美,只是美的样式不同而已。"我欣赏子沧先生这种辩证的审美观,各美其美,没有废品,只有你无法看透的艺术品。

店内,我还看了子沧画的许多茶叶罐儿,上面画的亦是钟馗。他画的钟馗,摆脱了大众对钟馗形象的固有认知,一副天性放松、看透世间风物的隐士意趣,很符合道家的宁静和恬淡。毕竟,现世安稳,钟馗也不需要去捉鬼了。"解甲归田"的他,放下身段,活出了老顽童的状态,喝闲酒,莳花弄草,修心养性,可爱至极。

我想,这也是子沧先生的立身之道:做一个内心如瓷的人,低温中,透着闲适的纹路和线条。

方寸乾坤
林清玄 / 文

"看脚下"三个字虽然简明易懂,却意味深长。可惜大部分人都是舍弃心灵的空地,去追求远处的境界,那就无法做到"即心是道场",不能即刻点起已被风吹熄的烛火,继续前进。一般人无法见及生命的丰盈,不是缘于恐惧,只是缘于没有脚跟着地罢了。

我们的灯如果燃起,就可以照看到"看脚下"的最高境界,即"日日是好日",不管晴、雨、悲、喜,身心都能安然,甚至连心痛的时刻,都能因明日可能没有心痛之境而坦然欢喜。

"日日是好日",表面上是"每天都是黄道吉日"的意思,但内在更深切的意义是"不忧昨日,不期明日",是有好的心态来看待或喜或悲的今天,是有好的步伐去穿越每日的平路或荆棘,那种纯真、无染、坚实的脚步,不会被迷乱与动摇。

在喜乐的日子,风过而竹不留声;在无聊的日子,不风流处也风流;在苦恼的日子,灭却心头火自凉;在平凡的日子,有花有月有楼台,随处做主,立处皆真,因为"日日是好日"呀!

从远处看,人生行路苍茫,似乎要走很多步;从近处看,生死

| 叁 | 成长篇

之间短促，只是一步之间，在每一步里，脚底都有清凉的风，则每一步都不会错过。那么，不管灯熄灯亮，不管风雨雷电，不管高山深谷，回来看脚下吧！脚下虽是方寸，方寸里自有乾坤。

爱的盛宴

张丽钧 / 文

我过去教过的一个正在读大四的学生放寒假后到学校来看我。我问他:"回到家感觉好不好?"他说:"感觉最深的一点就是,吃饭不用刷卡!"我哑然失笑。他却认真地说:"真的,老师,说起来有点俗,可我感觉最深的确实是这一点。您知道吗,我毕业后打算到欧洲去读研,到那时,想吃妈妈做的饭可就难了。不是跟您吹,我妈做的饭,称得上是世界一流!管够,还唯恐你吃不好!我妈劝起饭来没完没了,弄得我的减肥计划彻底泡汤,可我这心里头啊,却乐着呢!老师,我总记得您讲过的那个吃饺子的故事,一想起那个故事,我就把我妈妈做的饭品出了一种特别的滋味。"

我心头一热,说:"难得你还记得它。"

我的确曾给这一届学生讲过一个发生在我朋友身上的真实故事——朋友在外地工作,长年不回,母亲盼啊盼,终于得到了儿子要在除夕之夜回到故里的喜讯。那天,在爆竹声中,母亲包好了三鲜馅儿饺子,等着儿子回来后下锅。馅儿是精心调制的,应该正对儿子的胃口。但是,母亲心里还是有些忐忑,她想预先知道这饺子的咸淡，便先煮了两个来品尝。一尝之下，母亲大惊失色，饺子馅儿里竟然忘了放盐！看着两屉已包好的饺子，母亲绝望至极。她知道可以让儿子蘸着酱油吃，她也知道即便蘸着酱油吃儿子也会欢呼"好吃死了"，可她不愿意让千里迢迢赶回家来的儿子吃到有缺陷的饺子，怎么办？这个聪慧的母亲，居然从邻居那里讨来了一个注射针管，调好盐水，开始逐个给饺子"打针"。儿子回到家时，饺子也注射完毕。母亲煮好了饺子，让儿子尝尝饺子的味道如何。儿子尝了，连说"好吃"。这时候，母亲得意地举起那个针管给儿子看，向儿子夸耀说她可以将一个缺陷修复得让他察觉不出来。可是，儿子听着听着就哭了，他在想，这些年，他一个人在外面打拼，也曾吃过很多饺子，那些饺子，咸的咸，淡的淡，他都咽下去了，有谁能像母亲这样在意他的口味？为了让儿子吃到咸淡适宜的饺子，母亲竟想出了这样高妙的法子。吃着这交织着母爱与智慧的饺子，哪个孩子能不动容？

　　我多么欣慰，几年前，我将这样一个暖心的故事植入了孩子们的心田，我本不指望收获什么，甚至以为那些听故事的人很快就会将它淡忘。但是，这个同学居然能把这则故事铭记这么久！我相信，铭记着这则故事的人会珍惜母亲做的每一餐饭，会在寡淡的饭菜中品出一种难得的真味与厚味。母亲摆出一场爱的盛宴，只等着她心爱的小鸟来啄。幸福的小鸟啊，你无须刷卡，只管用欢畅的啄食来尽情享用这人间的珍馐吧。

日月星宿也连成一线

张小娴 / 文

巴西作家保罗·科埃略的寓言小说《炼金术士》里，一个牧羊少年追随一个再三出现的梦境，经历了一段奇幻之旅。故事之中，老人对少年说："当你真心渴望某样东西时，整个宇宙都会联合起来帮助你完成。"

你相信吗？我们多么愿意相信人间真有这种美事！

宇宙不会帮助你不劳而获，它只是给你提示和象征，路还是要你自己走。

当一个人愿意聆听自己的内心，跟随自己的梦，时刻留意生命里出现的种种征兆，便有机会愿望成真。

生命会在某个时刻召唤我们，或者是透过梦境，或者是一本书、一部电影、一句箴言、一首歌，甚至是一次意外。是否聆听，选择在我们。

你曾否真心渴望某些事情？当你真心渴望恋爱，机会便会出现。我是这样相信的。如果机会还没出现，只是你没有留意身边的一切，或者是你还不肯放下另一个人。当你真心渴望变得漂亮，你不一定会变成天仙，但肯定会比原本漂亮。你当然不能什么也不做，美丽是需要努力的，除了勤加保养之外，也要追求心灵的进步，更不要摧残自己。

我们或许都需要偶尔安静下来，聆听自己灵魂的声音，时刻准备响应生命的召唤。

当你真心渴望某样东西时，日月星宿也会连成一线来帮助你完成。这样想的话，人生会美丽一些。

蚕与蜘蛛

黄永武 / 文

世界上有两种会吐丝的动物,它们吐丝,都在叙述着美丽的心境。蚕吐丝成茧后,将身子幻化其中,做了一个"能入能出"的美梦;蜘蛛吐丝成网后,置身其外,定了一个"能进能退"的战略。它们都替自己做了精细的盘算。

蜘蛛是肉食主义者,一出手即显强悍,从东到西,从竖到横,所拉的每一根丝都将置他人于死地。它选择通风的天井,或者艳花枯枝之间,占住必经的要津,布下罗网,不怕对方不送上门来。盘算既定,就算秋风一再地把网刮破,它也阴沉沉地耐心重做。等到蛛网既成,它就在网中央逡巡,每天总是擒获、杀戮无数,并为之踌躇满志。

蚕乃素食主义者,秉性保守节俭,吃桑叶时沿着叶缘扫食,连一点碎屑都舍不得浪费,涓滴不漏地吃光,所以叫作"蚕食"。它生性坦荡,只顾自己的成长与蜕化,把粗糙的桑叶化成细韧的丝线,把臃肿的身躯化作蛹,化作能飞的蛾。它不像蜘蛛那样今日斩获今日享用,只顾当下的苦乐,蚕寄希望于实现未来理想,完成化蝶的梦。

但不知为什么,古往今来的许多诗人同情蜘蛛,讥笑着蚕。有人从"网疏""网密"上着眼,说蜘蛛结的网疏,春蚕结的网密。网密,自以为护住了身体,没想到丝绵却被别人用来取暖;网疏,反倒没人去摘取,便有了享用美味的可能。所谓"密织不上身,网疏常得食",真是令人始料不及:算计得太精的密网,反而落了个空,不如疏疏的网,似有似无,飨食无穷!

又有诗人从"吐尽"与"藏腹"上着眼,同样肚里"满腹经纶",春蚕全吐了出来,到死方休;而蜘蛛则用多少吐多少,腹内总是盈满,高深莫测,令人难论长短。爽快吐尽的蚕,注定了悲剧收场,而深藏不露的蜘蛛,却来去自如,永远是赢家。诗人郝经这样评论:"作茧才成便弃捐,可怜辛苦为谁寒?不如蛛腹长丝满,连结朱檐与画阑!"他认为蚕不如蜘蛛聪明。

又有人从"藏身"反而"误身"的角度着眼。蚕费了千丝万缕去经营,只图能退藏一己之身,但这世界不允许谁后退,后退的人要找个藏身之所也很难,退藏的想法往往只能"误身",在自以为"功成"身退的时候,却被丢到汤火之中。这本就是弱肉强食的世界,所以曹言纯才有"十日身投汤火里,不须回首笑蜘蛛"的惋惜。

不过,我还是很同情蚕的。自己被投入鼎镬,轻暖却归属别人,纵使结果如此,也无怨无悔,因为蚕有着身上长出翅膀的梦想,而有些梦想本身就值得付出一切苦痛的代价。比起那个只知守在阴暗角落里,用能折射出霓虹色彩的蛛丝诱骗人,只想占人便宜,一生不知做了多少恶事却全然无梦的现实家伙,蚕活得有意义多了!不是吗?

父亲赠我的座右铭

黄大能 / 文

父亲黄炎培赠我座右铭,全文是:"事繁勿慌、事闲勿荒,有言必信、无欲则刚。和若春风、肃若秋霜,取象于钱、外圆内方。"

我带着他的手书留学英国。在国外时,不少中外友人指着这一立轴,问我:"这'取象于钱、外圆内方'作何解释?"

"父亲的座右铭,教我怎样待人接物。'取象于钱,外圆内方'这八个字,是指中间有方孔的铜钱,也就是说,如果认为这是真理,是绝对正确的事,就应像钱中的方孔那样方正,应该坚持;然而对人的态度,就应和若春风,也就是要'圆'。但是这里所谓的'圆'却不是'圆滑'。在原则上必须要像'秋霜'一样严肃。在待人处事上,则应像'春风'那样和气。"

我虽然遵照着这个教导为人处世,但随着自己年龄的增长,对其中深奥的含义,却愈益感到以上解释并不完全,愈加感到大有补充的必要。

具体到我的三兄、清华大学教授黄万里,为了三门峡工程而独自据理力争。至于他有没有做到父亲教导的"和若春风",或是有没有完全做到，我并不清楚，但"肃若秋霜"，他是做到了。日常人际关系的复杂矛盾，多如牛毛，如果人人都能做到"和若春风、肃若秋霜"，则相信矛盾解决的可能性就大得多了。

"和若春风、肃若秋霜"这八个字中一个"和"字、一个"肃"字都是关键字眼。如果确认自己的意见是符合真理的，就该考虑用什么样的方式，甚至策略或手段，来使他人能接受这个真理。所以，这个"和"就不单解释为"和气"二字了。至于"肃"字当然是指严肃，但深一层看，却还包括了"坚持"，乃至"刚直不屈"。三门峡问题，实际上不少科学家是懂得如何正确处理的，但一些人可能屈服于"一边倒"的形势，因而做不到像"秋霜"那样的严肃了。

人的有限性

罗翔/文

无论是否愿意,我们都已经登上了一班属于自己的时间列车。如果你足够长寿,列车将在36500天,也就是876000小时,或者说52560000分钟后驶入人生的终点站。人类所有的工程,都将在时间的进程中成为废墟。

人的有限性在于我们并不知道基本词语的准确含义,这也造成了人与人之间沟通的非充分性。我们虽然使用相同的词语,但传达的也许是完全不同的意思。我们的善意经常会被人误解为敌意,我们的敌意却往往被人误解为善意。也许误解是人际关系的常态,完全理解可能就是奇迹。"时间"这个词也是如此,你不问我,我本来知道它是什么;你问我,我倒觉得茫然无知。虽然我们无法真正理解"时间"这个概念,但我们有限的肉身不得不乘坐时间的列车。

有人认为时间是循环的,周而复始,开始即为终点,终点也不过是开始。在这样一种时间观念中,没有什么特别的时刻,也没有什么值得纪念的日子。人生的高光时刻和暗淡时刻在本质上毫无意义,因为一切都可以重复。在时间游戏中,生物可以无限续命，生而为人本身就意味着被囚禁于时间的轮回中。因为人生的伤心与失望、开心与喜悦在本质上都是虚无，所以对于未来的焦虑也就毫无意义。既然没有意义，又何必为明天忧虑？在时间的轮回中，"心似已灰之木，身如不系之舟"，平生的功业也不过如苍蝇般飞回原点。

有人认为时间是线性的，有始有终，生命的每个节点都意义非凡。我们之所以庆祝生日、节日、毕业日，也许正是受这种时间观念的影响。但线性的时间观念往往让人焦虑，我们总想知道下一个时间节点将会发生的事情。也许人生最大的痛苦就在于想解开明天的未解之谜。人的有限性让我们无法拥有预测未来的能力，那些自以为能够通神的人，毫无例外会招致命运的嘲讽与愚弄。很多人幻想进入时间列车的"中控室"，随心所欲地控制自己或他人的时间列车，但最终都会发现这不过是痴人说梦，坐实自己愚人的本色。

当拿破仑被囚禁于海岛时，他才不得不接受自己不过是命运的奴隶的现实。人只有真正地接受自己的有限性，才能避免陷入求解明天之谜的沮丧。从容地过好当下的每个时刻，这是在线性的时间观念中获得自洽的唯一途径。

无论如何，我们所搭乘的时间列车不会因为个人的理性与强大而改变固有的轨迹。接受自己的有限性，我们才能宽容他人的不足，进而与他人和解。

在《伊索寓言》中，一只野猫变成了端庄娴淑的少女，但当老鼠经过的时候，美貌的少女还是无法抑制内心的欲望，重新变回狰狞的野猫。有些时候，我们有谁不是野猫变成的少女呢？

　　每个人的内心都有一头野兽。在指责他人的错误时，我们需要反思：面对诱惑，自己会不会原形毕露？

肆　人生篇

半称心

孙道荣/文

萧山南部有一个很独特的习俗，每年的农历六七月份，要过一个半年节。

时值年中，梅雨刚过，油菜小麦收割不久，旱田里的花生刚刚开花，水田的稻子已经抽穗，墙上的镰刀，还沉浸在麦香中，等待着又一个收割季的到来。这是一年中，春收和夏收两个收获季之间的短暂歇息。

农人们放下了铁锹和锄头，像过年一样，筹备着半年节。外出打工的人，也会赶回家乡，与家人一起过半年节。

我有幸受邀体验过一次半年节。邀请我们的，是当地的一位副刊作者。白天他是个农民，弯腰在田里种庄稼；到了晚上，他是个写作爱好者，伏案耕耘文字。他觉得种田满足了他的日常生活，看书写文章，则愉悦了他的身心。他的一半是尚可温饱的世俗生活，另一半则是充盈的精神世界，还有什么不称心、不满足的呢？

我们的话题，就从这个"半"字打开。一年过了一半，去年秋冬种下的庄稼，已经收割、归仓；春天播下的种子，已经开花、抽穗、灌浆，待以时日，就可以挥镰收割。唯有这年中的几日，有几天难得的闲日，可以放松自己，可以无愧地回望过去的上半年，也可以满怀期待地展望未来的下半年。

半这个字，很有趣味，什么事情，到了一半，就既没有了初始的忙乱、不安与焦躁，也还没有了临了的张皇、无奈和失落。半是最好的状态。

半是什么？半是已经开始，到了半途，因而半不是一个空想家、臆想家，只停在原地做梦，它是个实实在在的行者。半是满怀了希望的，还有一半的路，等着它去走；还有一半的风景，等着它去发现；还有丰硕的果实，在另一半等着它去浇灌和采撷。半也是虚怀若谷的，它不会因为事已过半，就骄傲自满，也不会因为事才过半，而放弃放纵。半是继续在路上，永远在路上，后面是它已经走过的路，前面是它即将踏上的路。

这真是一次难得的经历和交流，在年中之际，我们有幸在萧山南部的一个小山村，过了一个特殊的半年节，并深切体味到"半"的生命哲学和人生况味。朋友环顾大家说，我们大多已人到中年，为什么说中年是人生中最美好的年华？就是因为我们的人生刚刚过半，我们已经体验了童年的天真，少年的懵懂，青年的绚烂，已经或即将迎来人生的巅峰，以及无法逃避的迟暮之年。说到这儿，朋友忽然抛出一个问题："你的生活称心吗？"

我们的生活，我们的人生，当然有过称心，有过如意，但也一定经历过诸多的不称心、不顺意。喜忧参半，苦乐不均，这是人生的常态。

| 肆 | 人生篇

朋友说，杭州灵隐寺有一副楹联："人生哪能多如意，万事只求半称心。""半称心"就是人生最好的状态，人心最好的归宿。

对一朵花微笑

刘亮程/文

我一回头,身后的草全开花了。一大片。好像谁说了一个笑话,把一滩草惹笑了。

我正躺在山坡上想事情。是否我想的事情——一个人脑中的奇怪想法让草觉得好笑,在微风中笑得前仰后合。有的哈哈大笑,有的半掩芳唇,忍俊不禁。靠近我身边的两朵,一朵面朝我,张开薄薄的粉红花瓣,似有吟吟笑声入耳;另一朵则扭头掩面,仍不能遮住笑颜。我禁不住也笑了起来。先是微笑,继而哈哈大笑。

这是我第一次在荒野中,一个人笑出声来。

还有一次,我在麦地南边的一片绿草中睡了一觉。我太喜欢这片绿草了,墨绿墨绿,和周围的枯黄野地形成鲜明对比。

我想大概是一个月前,浇灌麦地的人没看好水,或许他把水放进麦田后睡觉去了。水漫过田埂,顺这条干沟漫流而下。枯萎多年的荒草终于等来一次生机。那种绿,是积攒了多少年的,一如我目光中的饥渴。我虽不能像一头牛一样扑过去,猛吃一顿,但我可以在绿草中睡一觉。和我喜爱的东西一起睡,做一个梦,也是满足。

一个在枯黄田野上劳碌半世的人，终于等来草木青青的一年。草木会不会等到我出人头地的一天？

　　这些简单地长几片叶、伸几条枝、开几朵小花的草木，从没长高长大、没有茂盛过的草木，每年，从我少有笑容的脸和无精打采的行走中，看到的是否全是不景气？

　　我活得太严肃，呆板的脸似乎对生存已经麻木，忘了对一朵花微笑，为一片新叶欢欣和激动。这不容易开一次的花朵，难得长出的一片叶子，在荒野中，我的微笑可能是对一个卑微生命的欢迎和鼓励，就像青青芳草让我看到一生中那些还未到来的美好前景。

　　以后我觉得，我成了荒野中的一个。真正进入一片荒野其实不容易，荒野旷敞着，这个巨大的门让你努力进入时不经意已经走出来，成为外面人。它的细部永远对你紧闭着。

　　走近一株草、一滴水、一只小虫的路可能更远。弄懂一棵草，并不仅限于把草喂到嘴里嚼嚼，尝尝味道。挖一个坑，把自己栽进去，浇点水，直愣愣站上半天，感觉到的可能只是腿酸脚麻和腰疼，并不能断定草木长在土里也是这般情景。人没有草木那样深的根，无法知道土深处的事情。人埋在自己的事情里，埋得暗无天日。人把一件件事情干完，干好，人就渐渐出来了。

　　我从草木身上得到的只是一些人的道理，并不是草木的道理。我自以为弄懂了它们，其实我弄懂了自己。我不懂它们。

生活原本没有痛苦

马 德/文

一部纪录片中有这样一个场景：

一只屎壳郎，推着一个粪球，在并不平坦的山路上奔走着，路上有许许多多的沙砾和土块，然而，它推的速度并不慢。

在路正前方的不远处，一根植物的刺，尖尖的，斜长在路面上，根部粗大，顶端尖锐，格外显眼。也许是冥冥之中的安排，屎壳郎偏偏奔这个方向来了，它推的那个粪球，一下子扎在了这根"巨刺"上。

然而，屎壳郎似乎并没有发现自己已经陷入困境。它正着推了一会儿，不见动静。它又倒着往前顶，还是不见效。它还推走了周边的土块，试图从侧面使劲——该想的办法它都想到了。但粪球依旧深深地扎在那根刺上，没有任何出来的迹象。

我不禁为它的锲而不舍好笑，因为对于这样一只卑小而智力低微的动物来说，实在是不能解决好这么大的一个"难题"的。就在我暗自嘲笑它，并等着看它失败之后如何沮丧离去时，它突然绕到了粪球的另一面，只轻轻一顶，咕噜——顽固的粪球便从那根刺里"脱身"出来。

它赢了。

没有胜利之后的欢呼,也没有冲出困境后的长吁短叹。赢了之后的屎壳郎,就像刚才什么也没有发生过一样,它几乎没有做任何停留,就推着粪球急匆匆地向前去了。只留下我这样的观众,在这个场景面前痴痴发呆。

也许在生活的道路上,它已经习惯了这样的场景;也许它活着,根本不需要像人一样,需要许许多多的"智慧";也许在它的生命概念中,根本就不懂得赢输。推得过去,是生活;推不过去,也是一样的生活。

由此想来,也许生活原本就没有痛苦。人比动物多的,只是计较得失的智慧,以及感受痛苦的智慧。

人生如诗
林语堂/文

　　我以为，从生物学角度看，人的一生恰如诗歌。人生自有其韵律和节奏，自有内在的成长与衰亡。人生始于无邪的童年，经过少年的青涩，带着激情与无知、理想与雄心，笨拙而努力地走向成熟。后来人到壮年，经历渐广，阅人渐多，涉世渐深，收益也渐大。及至中年，人生的紧张得以舒缓，人的性格日渐成熟，如芳馥之果实，如醇美之佳酿，更具容忍之心。此时处世虽不似先前那么乐观，但对人生的态度趋于和善。再后来就是人生迟暮，内分泌系统活动减少。若此时吾辈已经悟得老年真谛，并据此安排残年，那生活将和谐、宁静，安详而知足。终于，生命之烛摇曳而终熄灭，人开始永恒的长眠，不再醒来。

　　人们当学会感受生命韵律之美，像听交响乐一样，欣赏其主旋律、激昂的高潮和舒缓的尾声。这些反复的乐章对于我们的生命都大同小异，但个人的乐曲却要自己去谱写。在某些人心中，不和谐音会越来越刺耳，最终竟然能掩盖主曲；有时不和谐音会积蓄巨大的能量，令乐曲不能继续。这是他最初的主题被无望地遮蔽，只因他缺少自我教育。否则，常人将以体面的运动和进程走向既定的终点。在我们多数人胸中常常会有太多的断奏或强音，那是因为节奏错了，生命的乐曲因此而不再悦耳。我们应该如恒河，学她气势恢宏而豪迈地缓缓流向大海。

　　人生有童年、少年和老年，谁也不能否认这是一种美好的安排。一天要有清晨、正午和日落，一年要有四季之分，如此才好。人生本无好坏之分，只是各个季节有各自的好处。如若我们持此种生物学的观点，并循着季节去生活，除了狂妄自大的傻瓜和无可救药的理想主义者，谁能说人生不能像诗一般度过呢？莎翁在他的一段话中形象地阐述了人生分七个阶段的观点，很多中国作家也说过类似的话。奇怪的是，莎士比亚并不是虔诚的宗教徒，也不怎么关心宗教。我想这正是他的伟大之处，他对人生秉着顺其自然的态度，他对生活之事的干涉和改动很少，正如他对戏剧人物那样。莎士比亚就像自然一样，这是我们能给作家或思想家的最高褒奖。对人生，他只是一路经历着、观察着离我们远去了。

万物的心
林清玄/文

每次走到风景优美、绿草如茵、繁花满树的地方，我都会在心里泛起一种感恩的心情——感激这世界如此优美、如此青翠、如此繁华。

我常觉得，所谓"风水好"，就是空气清新、水质清澈的所在。

所谓"有福报"，就是住在植物青翠、花树繁茂的所在。

所谓美好的心灵，就是能体贴万物的心，能温柔对待一草一木的心灵。

我们眼见一株草长得青翠、一朵花开得绚烂，这都是非常不易的。要有好风水、好福报，受到美好心灵的呵护，唯有体会一花一草都象征了万物的心，我们才能体会禅师所说的"青青翠竹皆是法身，郁郁黄花无非般若"的真意——每一株竹子里都宝藏着佛的法身，每一朵黄花里都开满了智慧呀！

我们所眼见的这万象，看起来如此澄美幽静，其实有着非常努力的内在世界。每一株植物的根都忙着从地里吸收养料与水分，茎忙着输送与流通，叶子在进行光合作用，整株植物的每一个细胞都在大口地呼吸——其实,树是非常忙的,这种欣欣向荣正是禅宗所说的"森罗万象许峥嵘"的意思。

树木为了生命的美好而欣欣向荣,想要在好风好水中生活、建立生命的福报的人,是不是也要为迈向生命的美好境界而努力向前呢?

平静的树都能唤起我们的感恩之心,更何况是翩翩的彩蝶、凌空的飞鸟,以及那些相约而再来的人呢?

人生的意义与价值

季羡林 / 文

时光流逝，一转眼，自己已经到了望九之年，活得远远超过了我的预算。有人认为长寿是福，我看也不尽然。人活得太久了，对人生的种种相、众生的种种相，看得透透彻彻，反而鼓舞时少、叹息时多。远不如早一点离开人世这个是非之地，落一个耳根清净。

那么，长寿就一点好处都没有吗？也不是的。至少对了解人生的意义与价值，会有一些好处。

根据我个人的观察，对世界上绝大多数人来说，人生一无意义，二无价值。他们也从来不考虑这样的哲学问题。走运时，手里攥满了钞票，白天两趟美食城，晚上一趟卡拉 OK，玩一点小权术，耍一点小聪明。甚至恣睢骄横、飞扬跋扈，昏昏沉沉、浑浑噩噩，等到钻入了骨灰盒，也不明白自己为什么活这一生。

其中不走运的则穷困潦倒，终日为衣食奔波，愁眉苦脸、长吁短叹。即使是日子还能过得去的，不愁衣食、能够温饱，然而也终日忙忙碌碌，被困于名缰、被缚于利锁。同样是昏昏沉沉、浑浑噩噩，不知道为什么活这一生。

对这样的芸芸众生，人生的意义与价值从何谈起呢？

我自己也属于芸芸众生之列，也难免浑浑噩噩，并不比别人高一丝一毫。如果想勉强找一点区别的话，那也是有的：我，当然还有一些别的人，对人生有一些想法，动过一点脑筋，而且自认这些想法是有点道理的。

我有些什么想法呢？话要说得远一点。当今世界物欲横流，"黄钟毁弃，瓦釜雷鸣"，处在一个十分不安定的时代。但是，对于人类的前途，我始终是一个乐观主义者。我相信，不管还要经过多少艰难曲折，不管还要经历多少时间，人类总会越变越好，人类大同之域绝不会仅仅是一个空洞的理想。但是，想要达到这个目的，必须经过无数代人的共同努力。有如接力赛，每一代人都有自己的一段路程要跑。又如一条链子，是由许多环组成的，每一环从本身来看，只不过是微不足道的一点东西，但是没有这一点东西，链子就组不成。在人类社会发展的长河中，我们每一代人都有自己的任务，而且绝不是可有可无的。如果说人生有意义与价值的话，其意义与价值就在这里。

但是，这个道理在人类社会中只有少数有识之士才能理解。鲁迅先生所称之"中国的脊梁"，指的就是这种人。对于那些肚子里装满了肯德基、麦当劳、比萨饼，到头来终不过是浑浑噩噩的人来说，有如夏虫不足以语冰，这些道理是没法谈的。他们无法理解自己对人类发展所应当承担的责任。

话说到这里，我想把上面说的意思简短扼要地归纳一下：如果人生真有意义与价值的话，其意义与价值就在于对人类发展的承上启下、承前启后的责任感。

珍重身上衣

铁 凝/文

曾经去国外参加文化交流,花很多钱买了一件非常漂亮的衣服。因为太喜欢,所以舍不得穿,除非参加重要会议或在需要表示诚意的场合才穿上身。因为使用率太低,我慢慢忘记了有这样一件衣服。换季时,家人帮我整理衣柜,我才想起它。躲过水洗日晒,它依旧笔挺,款式却已经过时。讪讪地把它小心包好,继续收进柜底,回味起初对它的喜欢,我忍不住感叹那些快乐都成了落花流水。

年轻的时候,也曾经喜欢过什么人,对方的一点一滴、一颦一笑都让我有无尽的话想要表达。但我总是怯于启齿,小心翼翼地把那些心事静静地窝在心里,折叠得整整齐齐,幻想有一天会勇敢地站在他面前,"扑啦啦"全部抖开。等啊等,最终,这些情愫就像一粒种子,种在晒不到太阳又缺乏雨露的泥土里,只能腐烂在密不透风的土壤中。

我们都太喜欢等,固执地相信等待永远没有错,美好的岁月就这样一日又一日被等待消耗掉。生命中的任何事物都有保鲜期。那些美好的愿望,如果只是被郑重地供奉在期盼的桌台上,那么它只能在岁月里积满尘土。当我们在此刻感觉到心中的酸楚，就应该珍重身上衣、眼前人的幸福。

时 光

冯骥才/文

　　一岁将尽，便进入一种此间特有的气氛。平日里奔波忙碌，只觉得时间紧迫，很难感受到"时光"的存在。时间属于现实，时光属于人生。然而到了年终时分，时光的感觉乍然出现。它短促、有限、急切，你在后边追它，却始终抓不到它飘飞的衣袂——它飞也似的向着年的终点扎去。

　　今晚突然停电，我摸黑点起蜡烛。一下子，一年里经历过的种种事物的影像全都堆叠在眼前。我想从中找到自己的足迹：究竟哪些足迹至今清晰犹在，哪些足迹杂沓模糊甚至早被时光一抹而去？我瞪着眼前的重重黑影，使劲看去，就在烛光散布的尽头，忽然看到一双眼睛正对着我——目光冷峻锐利，逼视而来。这原是我放在那里的一尊木雕的北宋天王像。它何以穿过夜的浓雾，穿过漫长的八百多年，锐不可当、拷问似的直视着任何敢于朝它瞧上一眼的人？显然，是由于八百多年前那位不知名的民间雕工传神的本领、非凡的才气。如今，那位无名雕工早已了无踪影，然而他那令人震撼的生命精神却保存下来。

在这里，时光不是分毫不曾消逝吗？

植物死了，把它的生命留在种子里；诗人离去，把他的生命留在诗句里。

时光对于人，其实就是生命的过程。当生命走到终点，不一定消失得了无痕迹，有时它会转化为另一种形态存在或再生。

其实我最清晰和最深刻的足迹，应是书桌下边，水泥地面上那两个被自己的双足磨出的浅坑。我的时光只有被安顿在这里，才不会消逝，时光被我转化成一个个独异又鲜活的生命，以及一行行永不褪色的文字。

迎面那宋代天王瞪着我，等我回答。

忽然，电来了，灯光大亮，四下通明，恍如更换天地。再看那宋代的天王像，在灯光里仿佛换了一种神气，不再那样咄咄逼人了。

我也不用回答它，因为我已经回答自己了。

别人的鞋子

[新加坡]尤 今/文

开学那天,在一群报到的新生当中,我注意到一名女学生眼皮异常浮肿,肿胀处红红的,好似戴了一个怪异的眼罩。我趋前,关心地探问,万万没有想到,她竟一脸不耐烦,粗声粗气地答道:"过敏啦!"说完,掉头便走。对于她这种毫无礼貌的反应,我与其说生气,不如说纳闷儿。

不久后,她在呈交上来的日记里吐露心声:

"由于对某种迄今还查不出来的食物过敏,我两边的眼皮肿得好像塞进了两个彩色气球。已经两年多了,医生束手无策,我难过死了。偏偏许多好事之徒一看到我便问东问西,把我看成一个怪胎。有时,我真难堪得想扯对方的头发!"

看到这样的文字,我摇头叹息,这个女孩子,也太不懂事了,怎么竟会将别人的关心看作"好管闲事"呢?我觉得她不但眼皮敏感,连心也敏感。

这事发生了几个月后,我在烹饪时,不慎烫伤了手臂,留下了一个颇大的疤痕,椭圆形,棕红色,狰狞而又可厌。旧友新交,无不殷殷探询。开始时,我总是耐心地解释、解释、再解释,然而渐渐地不行了,同样的话讲了又讲、说了又说,一日数回,着实厌得嘴巴抽筋。后来,索性在手臂处贴了一块胶布,有人关心探问时,我便笑眯眯地说:"我昨天去献血啦!"对方骇然惊问:"怎么会在手臂上这个部位抽血呢?"我又微笑应道:"这就叫作不同凡响嘛!"看对方的疑惑表情反而成了我的乐趣。想起那名女学生,我对她两年来所受的委屈感同身受。

总得穿穿别人的鞋子,才知道那鞋子打不打脚呀!

我总能遇到一些可爱的人

林语尘 / 文

赏花人

红花羊蹄甲是我很喜欢的南国花木，朴素，繁茂，还很香——香得毫不甜蜜，有肥皂的洁净感，十分特别。我家附近的一条路上栽满这种树，春节前后花朵盛放，紫红色的落花混入鞭炮的红纸屑，行人过处，暗香满路。环卫工人每天都要将落花扫走，不然路面很快会被碾出一层花泥。

一天傍晚，我和母亲经过那里，地上又积了不少花。我说着"好看"，并停下拍照，母亲也兴致勃勃，帮我寻找花瓣更密的地面。忽听人说："好看吗？我看过更好看的！"抬头看到一位环卫工人，把竹扫帚倚在树旁，冲我们笑。

他略显生疏地翻着手机相册给我们看。照片很模糊，都是凌晨天色未明时，路灯昏黄、遍地花瓣的场景。有几张照片，主体是顶着厚厚落花的一对垃圾桶，他指着垃圾桶乐呵呵地说："马桶开花！"不知是口误还是什么地方特有的俗称。

我们谢过他，走开时都挺高兴。我跟母亲讲起以前读到的故事，白居易当地方官，在城外种了很多花树，一春好景，当地人却不来赏花。他独自流连其间，很陶醉，很自在，但多少有点儿失望，觉得世俗之人，怎么都这么没有情趣。我说："真想让他跟今天这位环卫工人喝一杯。"

饲 猫

居民区的野猫不少，喂猫的人好像更多。

玉簪花圃里，去年秋天有两只奶猫，姜黄皮毛，小小的两团，在雪白的花下打滚儿晒太阳，像郎世宁的画。附近有阿姨一天三次拎着饭盒来喂，寒来暑往，奶猫长成了满脸横肉的"糙汉猫"。

母亲有时会盯着我感叹："长得太快了，小时候没多给你拍些照片，真可惜。"我就撒娇："难道我长大后就不可爱了吗？你不喜欢现在的我吗？"但是看看猫，我明白了她的遗憾。

有一天，我看见野猫钻进快递车半开的门缝。快递员在车边忙着分拣，只扫了一眼便不管它，像老熟人。猫好像在说："今儿个够冷的，我上你的车里焐一焐，你忙你的。"快递小哥痛快地答应了。

附近还有一只玳瑁色的猫，一副烟嗓，叫声格外沙哑。时常见它趴在井盖上，我若蹲下拍照，它便主动走来，显然也是常被投喂的主儿。我两手空空，每每在它期待的注视中窘迫而逃。

某个加班的深夜，我看到有人跟它在一起，背着包，大约也是晚归的工薪族。那小哥捧着从便利店买的包子，没有刻意蹲下去喂猫，就站在那儿，自己吃一口，给猫丢一块。

邻居阿姨喂猫，像喂幼儿吃饭；他喂猫，像跟朋友喝酒。一人一猫，无声地推杯换盏，画一样镶在空寂的夜色里。

遗 憾

  我们那儿的腌橄榄是用箬叶包着、细线捆扎的,看着就像一条条麻花辫子。朋友给了一扎,我早晨出门顺手拿着,打算带到办公室分发。

  进电梯就被不认识的老奶奶沉默地凝视,我不明所以,冲她笑笑,有点儿尴尬地坐完了电梯。没想到出小区短短几百米路,又收到许多爷爷奶奶相似的目光。终于有一位阿姨过来问:"你拿的是茶叶吗?"

  我说是橄榄。她一脸失望,说以前有这样的茶叶卖,用苞谷皮拧成包装,一颗骨朵儿里装的茶叶量刚好是一泡,又好喝,又便宜。"现在这些好东西都没有了。"阿姨说。

  我想起一路上遇见的目光,原来他们欲言又止的原因是这个。"好东西没有了"——我虽没见过阿姨说的那种茶叶,但能懂这句话。这种遗憾好像是永恒的,每代人,每个人,都有相似的感叹。

| 肆 | 人生篇

再聪明，也比不过真正热爱

郝景芳/文

两年前，我应哈佛大学驻中国代表处的邀请，给一个青少年营做演讲。这个营的成员是从各个高中甄选出来的，都是尖子生。两场演讲我用了同一个题目：愿你一生勇敢，不负聪明。

我讲了聪明可能遇到的问题，也讲了我的建议并给予鼓励。两场演讲结束后，都有孩子来找我。第一场结束后，一个男孩跟我说："你说得对，我就是那种做什么都很快的人，也得过不少竞赛奖项，但我不知道怎么找到动力。"第二场结束后，有好几个孩子跑到后台，一个女孩说："我完全明白你在讲什么，我就是像你描述的那样，从小总当第一名，但很多时候内心会很脆弱。"

聪明是一种很容易被识别的特征，聪明的孩子也非常容易被周遭的人捧在掌心里。但也因为如此，聪明的孩子很容易面临一些共同的问题。我算是从小到大一直都被人说"聪明"的：我没刷过题，却总是考第一；小学放学后先在户外玩到天黑，中学放学后先去打篮球；从小在学校做主持人，也做校园电视台，参与文艺演出，参加校学生会；学习也不需要父母督促。总而言之，我没有感受过学习有多辛苦。

我经历的真正困难,是在大学毕业,真正面临人生选择的时候,内心深处对于自我和事物的感知。我在大学时,有一段时间陷入了"自我怀疑"的困境:我的成绩和业余爱好都算不得出色,自己想要为之努力的写作也毫无进展。这种时候,我就不停地给自己制订"成就"目标,幻想自己在某些方面能大放异彩。可现实常常事与愿违,这让我十分焦虑。

直到过了好几年,我才慢慢发现症结所在:我混淆了对"成功"的感觉和对事物本身的感觉。就拿游泳来说,如果我喜欢的是得第一名、站在领奖台上,那么游泳时想得更多的,是取得成功的步骤。但如果我喜欢的是游泳本身,那么游泳时更注重的可能就是身体接触水时的感觉,身体在水下奇妙的变化、手臂调动肌肉拨开水面时的触感,想的是更纯粹的关于身体和动作的细节。

吊诡的是,在人生的很多领域,前一种心态都不如后一种心态更能带来真正的成功。我第一次意识到这一点,是在一堂大提琴私教课上。当时我已经学了两三年,给自己定的目标是能在那年的年终聚会上演奏。但是有一次上课的时候,老师打断了我的演奏,直言不讳地问我:"你是不是没有听你演奏的声音?你真的听不出音色本身的好坏吗?"我发现,我确实没有全身心地感受声音,我只关心练习曲的进度。

这件事带给我很大的刺激。我开始慢慢感受到,当其他人真正喜欢一件事时,他们是怎样全身心投入的。

跳舞的时候,专注于肌肉和身体的感觉;写作的时候,专注于记忆所引发的细微情绪；研究数学的时候，专注于方程式两边的意义。我羡慕他们那种发自内心的专注，他们能够每天沉浸其中，而不让随时随地的进度审查干扰心绪。不能沉下心来感受事物，在任何领域都是阻碍人精进的最大障碍。

对我来说，从小到大那些轻易获得的成绩，让我误以为成就感就等于兴趣。我想尝试各种事情，其中有很多并不是因为我怀有深沉的爱，而是因为我喜欢给自己"打钩"：你看我又掌握了一项新技能，你看我这也好、那也好，什么都好。

而真正的人生成就，属于极致的深沉者。在更广阔的世界中，在更长久的人生里，是对一件事极致的敏感和热情，让一个人摸索出攀登的道路。就好像全世界只有他和他正在做的事情，那种专注，让内心澎湃如大海。

听一个音符，就像音符里包含宇宙；推演一个公式，愿意数十年如一日；写一行代码，就像全世界都安静下来……想要在真实的世界里做出一些重要的事情，就需要将自己打碎，忘掉所有既往，找到从山脚开始攀登时的那种赤子之心。

这个世界上的高山太多了，攀登每一座高山都需要穷尽毕生的力气，一步一步地行进。如果内心没有热爱，根本无从谈选择。而如果没有敏感的自我意识，根本无从产生真正的热爱。

只有抛却聪明带给自己的所有包袱，回归初心，找到真正能让自己泪流满面的事物，才能获取支撑生命的长久力量。愿你一生勇敢，不负聪明。

此戏经年

葛亮 / 文

许多年前，在江苏昆剧院看过一出《风筝误》。当时只当是才子佳人戏，多年后再看，却看出了理想与现实的盟姻。书生与佳人，生活在痴情爱欲的海市蜃楼里，倒是周边的小人物，有着清醒十足的生活洞见。

《题鹞》一折，世故的是一个小书童，他对寒门才子的风月想象给予了善意的打击，道理很简单："如今的人，只喜势利不重孤寒，若查问了你的家世，家世贫寒，连诗的成色都要看低了的。"说白了，就是价值观。朱门柴扉，总不相当，才子却是看不到的。书生们总是很傻很天真，要想成事，还是得靠心明眼亮的身边人。他们说出粗糙的真理来，并不显得突兀。这些真理即使以喜剧的腔调表达，内质仍有些残酷，然而，大团圆的结局又令人欣慰。因为这圆满是经历了磨砺与考验的，有人负责演戏，有人负责现实，人生才由此而清晰妥帖，真实而有温度。

人生如戏，戏若人生，这是根基庞大的悖论。将戏当成人生来演，"戏骨"所为，是对现实的最大致敬；而将人生过成了戏，则要被称为"戏疯子"。庄生晓梦，有人要醒，有人不要醒。没有信心水来土掩，醒来可能更痛。

所以大多数人，抱着清醒、游离、戏谑的心思来过生活，把激荡宏阔留给艺术，希望两者间有分明的壁垒，终究还是理想化了。譬如文字，总带着经验的轨迹。它们多半关乎人事，或许大开大合，或许只是一波微澜，提醒的，是你的蒙昧与成长，你曾经的得到与失去。

岁月如斯。以影像雕刻时光，离析重构之后，要的仍是永恒或者凝固，而文字的记录是一种胶着，也算是对于记忆的某种信心。人生的过往与流徙，最终也会是一出戏。导演是时日，演员是你。

体验无聊

郁喆隽 / 文

一个人如果不能体验到彻底的无聊,大概是一种缺憾。

如今的人很少有无聊的时刻。成年人的日程表里每个小时都被填满,小孩子几乎要全年无休地上课、做作业。每人手里攥着一个手机,每天面对着它"顶礼膜拜"几个小时——看一会儿新闻,玩一会儿游戏,刷几条短视频,看看朋友圈……如此循环往复,只要你还神志清醒,大大小小的屏幕里自然有无数的内容会不断更新,并以各种方式"投喂"给你。人和人好像可以老死不相往来了。每一秒钟都很亢奋,哪里有空无聊呢?我们似乎只会疲劳,但无法感到无聊。

回想自己的童年,每年暑假都会体会到那种深深的无聊。父母去上班了,一个人待在家里。不到开学前几天,就还没到做暑假作业的时候。那时也根本没有什么课外班或者辅导班。家里没有几本可以读的课外书,偶尔从同学那里借来一本书,很快就如饥似渴地读完。周二的下午没有电视看,红白机里的游戏已经通关了几十遍。艳阳似火,极少有可以吹空调的地方。屋外蝉声轰鸣,屋内电扇摇曳。这一刻才感觉到时间的悠长。

于是一个问题涌上心头：可以做点什么呢？就像一个饥饿的人会想方设法找各种食物一样，无聊的人会绞尽脑汁来摆脱无聊。把读过的书再读一遍，甚至开始抄书。把通关的游戏提高难度再打一遍。一个人上街闲逛，或者到老远的地方去找同学玩。但无聊很快又袭上心头。时间凝固了，流不动，让人心生绝望。此时，人才会"置之死地而后生"——我摊开画纸，描绘一个想象的世界；打开作文本，写下虚构的故事……人在极致的无聊中才会发现，自己的精神世界是无穷的，创作才是逃离无聊的最好方法。

如今，人好像是信息的容器，每一刻都处在满溢的状态，没有丝毫虚空。像一块已经在滴水的海绵，无法再吸收更多的水。无聊是一种虚空，一种充满能量的虚空，它能创造出渴望与期盼来。"无所事事"的人才会开启想象，憧憬另一种可能。无聊或许正是"文化"的开端。

听闻一些人为了健康开始尝试所谓的"轻断食"。其原理非常简单：人体细胞在高营养状态下，会加快分裂；相反，细胞在饥饿状态下会减缓更新，转而修复已有的缺陷。虽然"轻断食"的功效尚无定论，但是我们的感官和精神何尝不需要这样一种"轻断食"呢？无法体验到无聊，人生才会很无聊吧？

人生需要陌生感

张二冬 / 文

陌生感就是人的局限。假设每个人都有自己的小宇宙，这个小宇宙里有他成长过程中建立的三观和认知，那么这个小宇宙的边界，就是他的局限所在。

大部分人躲在自己的小宇宙里不愿意出来，那里坚固、安全，使人自信；只有极少数人乐意探出头来，像看陌生人那样理性客观地反观、审视自己，由此做出改变，塑造一个全新的自我。

熟视无睹、屡见不鲜，都是对理性、直觉的破坏。

就像很多导演对自己刚完成的电影充满信心，结果一上映，却差评如潮。原因可能是，成片中有一部分剧情显得多余、拖沓，剪掉会更好一些。影评人几乎都能看出来。这样明显的赘余，导演却没有剪掉，是导演的能力不如观众或者影评人吗？

很明显，不是的。因为每个镜头都是导演拍的，对于电影所要表达的内容，他过于熟悉，以致会放大每一个镜头，最后发现每一部分内容都有表达的必要性，他盯着局部，看到的也是局部。影片上映后，观众是带着陌生感去看的，并不清楚他在哪个地方埋下了怎样的伏笔,在哪个镜头的切换上下了什么样的功夫。观众看的是节奏、剧情,是这部电影的"整体性",因此对影片好坏的判断就显得非常直接而清晰。

就像自恋的人,每天看自己太熟悉了,觉得自己怎么看都好看。只有那种从未照过镜子、完全不知道自己长什么样的人,突然看到自己照片那一瞬间的判断,才是最准确的。客观,在某种程度上,就是陌生感。

站在烦恼里仰望幸福

马 德/文

人生烦恼无数。

先贤说，把心静下来，什么也不去想，就没有烦恼了。先贤的话，像扔进水中的石头，而芸芸众生在听得"咕咚"一声闷响之后，烦恼便又涟漪一般荡漾开来，而且层出不穷。

幸福总围绕在别人身边，烦恼总纠缠在自己心里。这是大多数人对幸福和烦恼的理解。差学生以为考了高分就可以没有烦恼，贫穷的人以为有了钱就可以得到幸福。结果是，有烦恼的依旧难消烦恼，不幸福的仍然难得幸福。

烦恼，永远是寻找幸福的人命中的劫数。

寻找幸福的人，有两类。

一类像在登山，他们以为人生最大的幸福在山顶，于是气喘吁吁、穷尽一生去攀登。最终却发现，他们永远登不到顶，看不到头。他们并不知道，幸福这座山，原本就没有顶、没有头。

另一类也像在登山，但他们并不刻意登到哪里。一路上走走停停，看看山岚、赏赏虹霓、吹吹清风，心灵在放松中得到某种满足。

尽管不得大愉悦，然而，这些琐碎而细微的小自在，萦绕于心扉，一样芬芳身心、恬静自我。

对于心灵来说，人奋斗一辈子，如果最终能挣得个终日快乐，就已经实现了生命最大的价值。

有的人本来很幸福，看起来却很烦恼；有的人本来该烦恼，看起来却很幸福。

活得糊涂的人，容易幸福；活得清醒的人，容易烦恼。这是因为，清醒的人看得太真切，一较真儿，生活中便烦恼遍地；而糊涂的人，计较得少，虽然活得简单粗糙，却因此觅得了人生的大境界。

所以，人生的烦恼是自找的。不是烦恼离不开你，而是你撇不下它。

这个世界，为什么烦恼的人都有。为权，为钱，为名，为利……人人行色匆匆，背上背着个沉重的行囊，装得越多，牵累也就越多。

几乎所有的人都在追逐着人生的幸福。然而，就像卞之琳《断章》所写的那样，我们常常看到的风景是：一个人总在仰望和羡慕着别人的幸福，一回头，却发现自己正被别人仰望和羡慕着。

其实，每个人都是幸福的。只是，你的幸福，常常在别人眼里。

别被淹没

星竹/文

美国一位著名心理学家杰克认为：现代人之所以活得很累，心里很容易产生挫折感和种种焦虑，甚至不快，是因为迷失和被淹没在各种目标中的结果。

因此，把自己的思绪搞得一团混乱，也就成了现代人生活中一件轻而易举的事。而且很少有人进行必要的自我调节。

人一旦处于这种混乱中，内心就会失去平衡，变得没有条理，生活的目的也跟着盲目起来。今天想这，明天想那，甚至影响到深层次的心理问题，从而又影响到了健康。人如果总是这样，就没有幸福可言，并会失去最主要的和丢掉眼前的一些机会，变成"为明天而明天"的生活痛苦者。

请你每天早上花一点点时间，心平气和地问一问自己：你真正想要的是什么？什么才是你人生中最主要的？这时你才会明白，大概不会是那些将来的名利和种种的担心，而是一种平静中的快乐与现实中的宁静。是你身边那些最近的事物，而不是那些遥远的目标。这能使你从早上就开始得到安慰，使你的人生留在正确的轨道上，而不再因为胡思乱想而偏离了轨道。

　　人对生活的迷失，一般来讲，都是索要或所想的太多，而又一时达不到目标造成的。这种想法使大多数人失去了耐性，反而错过了许多近在眼前的景色，丢掉了一些可以马上把握的机会。使人无法专注，往往总是做着这件事，又想着那件事，结果什么都做不好。内心的挫折感反而会不断加大，结果只能是脚步匆匆，再也没有宁静。

　　而你只要专注下来，一心一意，又轻松地去做事，这时你才能变得比较快乐而又有成效，也不会被那么多的目标所淹没。因为你不再有什么负担和压力，你是清醒的。清醒的你，是在你自己的轨道上运行。只有在自己轨道上运行的人，才不会受到外界的摆布。

　　作为一个人，没有什么比这时更好的了。这时你的自我感觉一定是温暖、亲切的，对许多事都是心存感激而又无比珍视的。甚至可以说，这就是你的正确、造化和幸福的所在。

不靠此维生

明前茶 / 文

在成都的送仙桥古玩市场上,非物质文化遗产传承人谭代明的工作室占据着小小一隅。她每天下午 4 点钟之后便守在这里,坚守着"瓷胎竹编"这种古老技艺。简单说来,她需要在小巧的瓷茶具上,用邛崃山上的慈竹竹丝,编织起一个有花纹的竹丝罩子,紧密贴合茶具,就好像瓷器的骨架上长出的皮肤与血肉一样,从而让天府之国过日子的细腻韵味,转化到茶壶、公道杯和茶杯上,使人一握便知幽凉肌理。

去见谭阿姨,惊讶于一个中年女性的耐心可以磨砺成这样:不但可以将比头发丝粗不了多少的竹丝均匀编织于胎器之上,而且不用一滴胶水,完全靠竹丝互相穿插产生的张力,让竹丝铺就的细腻花纹从白瓷胎上长出,两者互为肉中骨、骨中肉。更让我惊讶的是,她那种从容静穆的气度——每次从 100 斤慈竹中耐心抽出 8 两竹丝。

谭阿姨解释,当年传艺师傅的绝活,唯有她完美地传承下来:"因为我并不以此为唯一的谋生手段。为了维持生活,降低要求去走量,这是大忌。我宁可做点别的营生来养活我的手艺。我开过茶馆,开过面馆,卖过汤圆,看上去时间少了,我却得以跳开一段距离,静静思量,我还可能编结出怎样的竹编、怎样的美。"

撤去谋生的潮水,能露出峥嵘的,才是你离不了的挚爱。

一生里的某一刻

张 春 / 文

那是某次坐火车回家。那列火车坐了无数次,连列车员都似曾相识。车厢里飘着暖烘烘的方便面、皮革,还有总是泛潮的地板气味。近处总是有人在剥橘子和低声聊天,远处总是有一桌人打扑克和嬉笑。火车规律地发出哐哐的声响,窗户暗暗散发出胶皮味道。我坐了一个倒着的座位,看着一棵一棵向前冲的树,眼睛渐渐发酸并昏昏睡去。

等我醒来的时候似乎火车已经停了一会儿,车厢里已经暗了下来,所有原来嗡嗡的声响突然间都变成窃窃私语。

睡去前最后一个念头:下次停车就到家了!

我倏地站起来,抓起行李向车门冲去,边走边低声对人说:对不起,对不起,我到了,我到了。

一路带起了一些昏沉沉、灰扑扑的人,他们像是被风掠过的草,渐次抬起头,直起身。

穿着绿色制服、靠着车门向外看的列车员,也好像突然从一个半睡的梦里惊醒,慌张地为我打开了门。

那是个很小的车站,所以车门没有靠上站台是常有的事。

最后一级台阶离地面似乎还有一米多高。我不假思索地跳了下去。路基里都是石子。

地面不平,人又恍惚,拎着重重的行李,我摇晃了几下,才勉强站定在石子地上。我放下箱子,将它立直,开始考虑是应该拎着走,还是拖着走。茫然之间打量四周,发现只有我一个人在车下。路基以上的水泥地表面有许多裂缝,里面长出青的和黄的草。

在这个时候,远处另一列火车发出哐哐的声响,渐渐驶来。原来我并未到站,那只是在会车。列车员不知何故,竟将我放下了车。

行驶着的火车显得非常大,也许有好几层楼那么高。而且,它越来越大。我扶着箱子,渐渐蹲了下去。

但一生里的这一刻并没有结束。新来的火车发出"咻"的一声叹息,两列火车在两边寂静下来。那是非常彻底的寂静。两列火车上的人都从车窗里探出了头,目送我在火车夹成的巷子里走。并没等到我走出去,火车再次开动了。

这一次我坐在了地上,仰头与那些人四目交接,被火车带起的风越来越大,直到消失在远处。我爬上水泥台,沿着铁路一直朝前走,找到了真正的站台。

那时天色更暗,离到家还有一小时。

爱是活的希望

果 果 / 文

2004年10月9日,俄罗斯圣彼得堡一对老夫妇别切斯拉夫和拉丽莎去森林采红莓,结果他们迷了路。夫妇俩并没有惊慌失措,他们四处寻找出路,一直走到晚上,才看见一大片被砍伐过的林场,丈夫动手挑出柔软的云杉枝条,为老伴做"床垫",并把枝条盖在妻子的身上,怕她晚上受到风寒。第二天,夫妇俩开始尝试着走出森林,但最终他们放弃了冒险,又回到原来的地方。

饿了,他们就吃采来的红莓以及自己离家时带的食物;渴了,就喝沼泽中的水。他们就这样在寒冷中度过整整五个昼夜。

这对夫妇的邻居几天没有见到他们,感到有些不对劲,于是打电话报警。救援人员在离这对老夫妇6公里远的地方发现了一堆燃烧过的火堆。

最后终于找到那对身体极其虚弱的失踪者。拉丽莎对救援人员说:"我们活着是因为我们非常相爱。我们属于彼此,没有任何东西可以分隔我们,包括死亡。"

伍 情感篇

古代妈妈的一封信

杨 暖 / 文

古人写信很有意思。

这是古代妈妈写的一封信,母亲写给儿子的。也算不得信,短短几十字,只当是一封简短的手函。简短、字微,充分发挥了中国汉字的蕴藉和古典,有妙趣。

> 阅儿信,谓一身备有三穷:用世颇殷,乃穷于遇;待人颇恕,乃穷于交;反身颇严,乃穷于行。昔司马子长云:然虞卿非穷愁,亦不能著书以自见于后世云。
>
> 是穷亦未尝无益于人,吾儿当以是自励也!

写信的母亲叫郑淑云,是明代女作家。我没有读过她的作品,单从这一短笺,倒也叫我生出三分钦佩。

信里,郑妈妈是这样讲的:

人的这一生时常会遭遇三种困顿,千古有之,孩子,你要做好心理准备。

第一种困顿，拥有卓越的才华，却遇不到好的平台和机遇。

第二种困顿，以一颗诚挚宽厚的心待人，却没有交上值得交的好朋友。

第三种困顿，对自己严格要求，时常反省，却无法按照自己的意愿生活。

最后，这位妈妈抚慰儿子，即使人生的际遇如此，也未尝没有好处。孩子你要多读书以自励，不要放纵自己呀！

这样的妈妈，真强大。她的爱，不狭隘，不灰暗，是一个经过风雨历练的女性在看过人生百态后，饱含仁慈宽厚的生命之爱。她爱孩子，爱生命，更能用她的爱，给孩子一个有力的人生。

朋友之树

[阿根廷]博尔赫斯/文

在人生的旅途中，我们会邂逅许多人，他们能让我们感到幸福。有些人会与我们并肩而行，共同见证潮起潮落；有些人只是与我们短暂相处。我们都称之为朋友。朋友有很多种，就好像一棵树，每一片叶子是一个朋友。

最早发芽的朋友是我们的爸爸和妈妈，他们告诉我们什么是生活。接下来是我们的兄弟姐妹，他们与我们一起成长，共同走向繁荣。然后是我们所有的亲友，他们让我们尊重，让我们牵挂。

命运还会赐予我们其他朋友，我们不知道什么时候会邂逅他们。许多人被我们称为灵魂和心灵之友。他们是真诚的，也是真挚的。他们知道我们什么时候过得不好，知道如何让我们幸福，知道我们需要什么，我们甚至不必开口。

有时某一个朋友会触动我们的心灵，于是我们就会相爱，拥有一位恋人朋友。这个朋友会让我们的眼睛焕发光彩，会让我们与歌曲相伴，会让我们雀跃前行。

还有一种一时的朋友，他们或曾与我们共度某个假期，或曾共度几天甚至几个小时。在一起的时候，他们总能让我们的脸上挂满微笑。

也有一种远方的朋友，他们位于枝干的末端，有风的时候，他们会在其他叶子中间若隐若现。他们虽然不总在我们身边，但一直与我们的心灵很近。

时光流逝，夏去秋来，一些叶子会离我们而去，一些叶子会在另一个夏天出现，还有一些叶子会陪伴我们许多季节。但最让我们感到幸福的，是那些虽已凋零却不曾远去的叶子，他们依然在用欢乐滋养我们的根系。那是他们与我们相遇时留下的美好回忆。

我们生命中的每位过客都是独一无二的。他们会留下自己的一些印记，也会带走我们的部分气息。我需要你，我生命之树的叶子，就像需要和平、爱与健康一样，无论现在还是永远。有人会带走很多，也有人什么也不留下。这恰好证明，两个灵魂不会偶然相遇。

人不是玉

潘向黎 / 文

对爱人和亲人,人最容易犯的错误是:希望改造他们,至少让他们改掉一些缺点——让自己不满意的地方。

但是我们看到,绝大多数人都改不了。因为每个人就是他自己,先天的遗传和禀赋,加上后天的经历和环境,造就了这个人如今的样子,其实他自己也没有办法。这不是考试,这次八十分,你努力一下,下次也许就九十分了。

虽说"玉不琢,不成器",但人不是玉。对于玉,只要剥离外面不美的璞,再去除杂质和瑕疵,就臻于完美。

其实人更像一间房子,里面有四根柱子。有的人是三根樟木、一根松木,有的人是三根楠木,还有一根是杂木——每个人都有一根用差一点的木头做成的柱子。让人改掉所有缺点,其实就是要去掉那根不好的柱子。但实际上,那也是支撑这间房子的柱子之一,是不可以去掉的。蛮横地逼迫着去掉它,这间房子可能就塌了。

所谓的谋前程,所谓的善社交,无非是教人如何在适当的时候,将那三根好柱子迎向别人,而将那根差柱子藏进阴影里,不要惹人嫌弃和厌恶。

所谓的血亲,所谓的真爱,无非就是明知道你有这根差柱子,不但一股脑儿地接受、包容,而且在你需要的时候,帮你加固这几根柱子——不论是好木头的,还是差木头的,都一视同仁。因为他们希望你这间房子结实,长久地站在这里。

| 伍 | 情感篇 |

千里井不反唾

黄永武 / 文

　　古人的谚语里，简单的几个字，往往包含着深刻的道理与无穷的智慧。像这句"千里井不反唾"，起先我还弄不清它的含义，后来才明白，大意是说，一个要去千里之外的人，对于他曾经喝过水的那口井，即使今后再也不喝它的水了，也不该往那口井里吐口水。

　　这句话让人感动之处是，人在现实的利用之外，总得有一份怀旧的情意。这句古谚在前人的诗里，大抵都用于形容离婚的夫妻，好像与"糟糠之妻不下堂"的意思相近。曹植代人作诗曰"千里不唾井，况乃昔所奉"，是说从前侍奉过你的人，就像被饮过水的井一样，不能因为你要远行到千里之外，就对那口井无所谓，鄙夷地吐口水。又像李白为平虏将军妻作的诗"古人不唾井，莫忘昔缠绵"，也是说古人对供应饮水的井，只要饮过一瓢一勺，就有一份感恩的情意，不肯随便吐口水，更何况从前经历过缠绵岁月的人，如何能一笔勾销，完全忘却旧恩呢？

　　凡是真心相爱过的人，不管将来是否会分手离别，都一定要将爱谨记在心，默默祝祷，不要泄怨。真爱总是被密锁在心底，而那些动辄详述自己恋爱过五次十次的人,一一道出之所以不能结合的缘故,以证明不是自己薄情。这样的人,不懂得爱的真谛,愈诉述愈像儿戏,愈诉述愈骄矜,愈诉述愈不该,就如要远去千里的人,对故井回吐口水,是极为无情的。

只要喝过一次水的井,就不能弄脏它!不仅是因为别人还要喝,更是为了表达自己的感恩之心,就像古人说的"食不毁器,荫不折枝":吃饭的碗,不忍心把它敲破;乘凉的树,不忍心折断它的枝条。

近至爱情,远至政治,小至家庭,大至国家,珍惜前缘,不忘旧恩,推广这份可贵的心意。古人说"忠臣出于孝子之门",这正说明了情意心理的一贯性。在家里是孝子,在朝廷才是忠臣,在情场上才不会是一个无情的人。

漫长的告别

马海霞 / 文

外婆 80 岁生日那天,自己悄悄跑到小镇上的照相馆拍照,冲洗出一沓彩色照片,给每个子女发了一张,乐呵呵地说:"好好留着,你们想我了就拿出来看看。"

外婆的娘家当年是大户人家,祖上是开银器店的。她婚后第二年,娘家遭了劫,金银细软被人搜走,外婆的嫂子被吓得生病,尚在怀中吃奶的小侄子不久也夭折了。外婆的父亲受不了打击,次月过世。外婆的大哥也因被打伤,半年后病重去世。那年,外婆失去了 3 位亲人。

印象中的外婆很节俭,很会过日子,对亲友和邻居却大方慷慨。外婆常说:"自己吃了填坑,别人吃了传名。"外婆没上过学,但嫁了当教书匠的外公,说话也变得讲究了。她明事理,通人情,是位要强的女人。

外婆 86 岁那年得了肠癌,疼得受不了便注射药物,儿女轮班照顾她。母亲那时天天往外婆家跑。外婆饭量越来越小,疼得越来越厉害,药物也不管用了。有一天,外婆想吃南关桥上的馄饨,母亲冒着大雨走了十里路给外婆买回一份，可外婆只喝了一口汤。

那时我刚毕业参加工作，下了班就去看望外婆。外婆见我来了，便喊我给她按摩，从头按摩到脚。外婆后来便嘱咐母亲，人老了才知道子女的重要性，让她一定要在附近给我找个人家，不要让我远嫁。

外婆临走的那个晚上，将子女孙辈都召集到床前，说："我知道我日子不多了，便不再在你们面前逞英雄了，难受就喊出来，想吃啥便要啥，这是想告诉你们，人死是一件极其不易的事情，希望你们珍惜健康的日子，有钱别舍不得吃喝，等老了得病了，想吃也吃不下了。"

那天晚上，我们都守在外婆身边，听她讲述生病的感悟和人生的挂念。第二天一早，外婆没再醒来，走得很平静。

多年后，母亲谈起外婆便说，作为女儿她尽力了。年轻时，她为了替外婆分担家务，嫁给了本村人，每次去河湾洗衣服路过外婆家，都会提走一兜脏衣服，顺带给洗了。这么多年来，家里的重活累活母亲都抢着干，外婆卧病的半年，母亲天天守在她身边。母亲至今还记得外婆想吃馄饨的那个大雨天，外婆前一天晚上睡觉前说想吃馄饨，母亲第二天凌晨4点便出发了，馄饨买回来，天还没大亮。外婆卧病这半年，她对外婆有求必应。

正因为尽力了，每次提到外婆，母亲都说自己没有遗憾。邻居王姨很羡慕母亲，因为王姨的母亲得病后，怕耽误子女工作，一直瞒到病危才通知子女。老人家住院两天后便去世了，这成了王姨一生的憾事。母亲见王姨落泪，忽然明白了自己母亲的良苦用心。外婆离开人间是有仪式感的，每个人都为她做过事，用过心，没有遗憾，只有回忆里温暖的瞬间。

是呀，外婆得病时，我天天给外婆按摩，每次回忆那时的情景，心里就觉得温馨而安慰。那些错过的告别，会成为人们一生的痛，外婆心底就深藏着这样的痛。所以，当她知道自己也将离开人世的时候，她很早就开始了告别。在漫长的日子里，亲人们在慢慢接受她的离去，也学会了如何告别。

母亲的食物

赵 瑜/文

母亲曾经在海口生活数月,不论我请她吃海南的何种食物,她都是拒绝的,本能地觉得不好吃。

这不是母亲的错,她的饮食习惯是个人生活多年所形成的一种文化的自觉。而这种自觉,是她的舒适区,是她多年人生妥协的结果。她喜欢吃的每一种食物,都有一个远大于食物本身的故事。

母亲所做的食物,大都和时间、力气有关。母亲几乎是一个村庄的代表,我记忆中的村庄里,有数不清的平原上的炊烟,属于母亲的空间极小——院落、田野、菜地。这空间宽阔又狭窄,方圆几里地盛放了母亲的半生。

在旧年月里,一个村庄,就足以安放一个人的一生。母亲在40岁之前几乎没有离开过我出生的村庄。所以,一说起母亲,我就会想到我出生的院子、村庄,以及村庄外属于我们家的几块麦田。这些劳作和生活的场景,就是母亲日常生活的全部内容。

母亲煮的粥,是我出生的那个村庄所有女性煮的粥的味道。母亲做的馒头,是我们村庄里所有麦子的味道。不能简单地用"好吃"

一词来形容母亲所做的食物。我18岁出门，之后的30年，吃过全国各地的面食，却很少能吃到母亲做的手擀面的味道。母亲的食物，与其说好吃，不如说是母亲在一碗面里，传递了爱。这既是哲学的，也是属于内心的。

一个人最初的胃部记忆十分繁杂，很难准确梳理。年纪尚幼时我就知道，村子里许多孩子的母亲做的食物比我母亲做的食物好吃。我的母亲不会做很多花样翻新的菜肴。然而，母亲做的蒸馍，对我来说，是最初的食物启蒙。

从种麦子开始，一直到麦子收割，母亲全程参与了麦子的生长过程。她珍惜每一粒麦子，面粉打出来以后，她会用一种规格极细的筛子再次对面粉进行细筛。这样，粗的面粉被做成一种馍馍，供父母和我们兄妹吃；而细筛子筛过的白面做成的馍，是专门给爷爷吃的。

食物的匮乏，让面粉也有了身份的差异。那时的乡村，强调长幼有序，尊老的人才会获得大家的认可。所以，母亲的做法为她争得了不错的名声。随着年龄的增长，麦子不再紧缺，我们这些小孩子渐渐也能吃到专门给爷爷做的细面馒头了。以后的时间里，只要吃到馒头，我都会将母亲手工做的馒头作为参照。母亲做的馒头，成为一个地址、一个标签。

母亲的食物是众多颜色中最清晰的白色，馒头的白、面条的白及米粥的白。母亲的食物，是众多河流中最宽阔的那条，是一年四季中最为舒适的秋天，是秋天的树叶落在地上后的沉醉，是我不论走多远都洗不掉的黄河的底色。母亲的食物，其实更像关于爱的碑刻,一刀一刀地刻在我的味蕾上,是魏碑,是汉隶,也有可能是酒醉后的一纸行草,不论我离家乡有多远,都能在瞬间接到食物的信息。

作为一个中年人,在外面漂泊多年,饮食习惯早已经改变。然而,母亲的食物对我来说依然有效。很难解释,人的身体记忆为何如此固执。如果说母亲的食物是一种文化的铺垫,那么,在我们的一生中,总有一天,我们所接受的食物将超出母亲的食物范围。然而,食物的记忆却会打破身份的限制,我们对母亲的接受,其中相当大的一部分包含着食物味道的捆绑。吃到母亲的食物的那一瞬间,我们被时光遣返,回到多年以前,变得柔软而单纯,成为一个陈旧的自己。

母亲,有多么具体,便有多么抽象。在城市生活多年,大多数时候,我已经成为一个说普通话的人。然而,一旦回到县城,回到母亲的生活圈子,我就立即又开始使用方言。那些字词,像一道道食物,既养育了我,又温暖了我。这个世界有很多东西可以用简单的好与坏来进行评论,而唯有与母亲相关的东西,比如母亲的食物,我们无法评价。它是我成为我自己的一个起点,没有这个起点,我将成为另外的人。

母亲的食物,是一个文化意义上的比喻,它和温饱有关,和爱相关。实际上,它大于文化,也大于审美。母亲的食物是一种植物,时光越长,长势越好。中年以后的我,自然而然地开始喜欢朴素简单的东西。而这样的喜欢,和母亲的食物是多么一致。

原来,人生就是这样循环守恒。疏远和回归,需要时间,需要距离,我们离开故乡,是为了确认自己已经不再单一。当我们足够

|伍|情感篇

丰富时，最初的、简单的食物却又渐次清晰。

离开才能丰富，丰富才能回归，回归才会简单。人是如此，食物也是如此，故乡呢，还是如此。

不想，才是大敬

[新加坡]尤今/文

一向鹣鲽情深的阿紫最近丧夫。

她对前来吊唁的好友声泪俱下地说道："我拼命地想他的缺点、他的毛病、他的瑕疵，想一切足以挑起我恨意的往事。这样一来，纵是失去了他，我也不会这样痛苦。可是，我废寝忘食地想，通宵达旦地想，硬是想不起、想不出……"

葬礼过后，谁上门她都不见、谁打电话她都不接，让人怀疑，她已经被无法化解的悲伤化为一块"思夫石"了。

她的痛苦，让我坠入了黑暗的时光隧道……

2003年，我至爱的父亲因心脏病突发而猝然去世，痛苦犹如尖尖的爪，将我的心抓得鲜血淋漓。这样的痛苦，持续了很长的时间。

我满脑子都是凝固成团的思念。

上街时，看到身子圆胖且拄着拐杖蹒跚而行的白发老人，我会失声喊道："爸爸！"待我冲上前发现那是张陌生的面孔时，立马泪流满面。

到图书馆去，双目一触及父亲最喜欢的《鲁迅全集》，忆及他坐在懒椅上执卷而读的安恬时，心尖便像被凿开一个口子，涕泗滂沱。

在餐馆里，一闻到海参焖鸭那熟悉的香气，想起父亲开怀嚼食的模样，泪水奔泻如洪。

父亲的身影，飘荡在屋子的犄角旮旯内；父亲的声音，回响在寸寸尺尺的空气中。

我被流在血管里的痛楚吞噬着、宰割着，就像陷落于一场无法醒过来的噩梦，无法招架，无从逃避。渐渐地，痛苦将我碾成影子般的薄片。对周遭那些绵软如风的安慰，我听而不闻。

一天，一位世交忍不住高声对我嚷道："你实在太自私了，最爱你的父亲走了，你却不让他安心！你日思夜想，弄得自己几乎也活不下去了，他能不忧心吗？"

顿了顿，他又说了几句掷地有声的话："不想，让生活如常，才是对逝者的大敬啊！"

来者珍惜，去者放手。不想，才是对逝者的大敬。

苹果笺

肖复兴 / 文

我们大院里,曾经有一对夫妇,男的是一位工程师,女的是一位中学老师。他们刚刚搬进大院的时候,也就三十来岁,我还没有上小学。虽然我懵懵懂懂的,但从全院街坊们齐刷刷惊艳的眼神中,看得出来女教师非常漂亮,男工程师英俊潇洒。他们每天蝶双飞一样出入大院,成为全院家长教育自己子女选择对象的范本。

那时候,最让全院街坊们羡慕和赞叹的是,女教师非常爱吃苹果,每次要吃苹果的时候,男工程师都坐在她的旁边,亲自为她削苹果皮。削下的苹果皮,都是完完整整地连在一起的,弯弯曲曲从苹果上一圈圈地垂落下来,像飘曳着的一条长长的红丝带。每一次,街坊们从宽敞明亮的玻璃窗前经过,看到这温馨的一幕时,总能够看到女教师的眼睛不是望着苹果,而是望着丈夫,静静地等待着,仿佛那是一场精彩的演出,永不落幕才好。

这对夫妇有两个孩子,都和我一样,前后脚到农村。等他们的孩子和我一样,从农村回到北京的时候,他们夫妇已经是快七十岁的人了。那时,女教师已经患上了肝癌,她和两个孩子都不知道,知道的只有她的丈夫。丈夫为她削苹果皮的时候，手有些颤抖。但是，他削下的苹果皮还是完完整整地连在一起的，弯弯曲曲从苹果上一圈圈地垂落下来，像飘曳着的一条长长的红丝带。

　　女教师走得很安详，按照我国传统讲究的五福，即寿、富、康、德和善终，她的一生虽然算不上富贵、健康，也说不上长寿，却占了德和善终两样，应该算是有福之人。送葬的那天，她以前在中学里教过的很多学生来到她家里，向她的遗照鞠躬致哀，有的学生还掉了眼泪。那天，我也去了她家，看见她的遗照前摆着两盘苹果，每盘四个，每个都削了皮。那皮都还是完完整整地连在一起，摆放在苹果的旁边，垂落下来，像飘曳着的一道道挽联。

后背的孤独

陈仓 / 文

接我爹进城,是 2012 年春节期间发生的一场"革命"。

我爹出生于 1938 年,一直生活在陕西省一个叫塔尔坪的村子里。有这么两点,可以说明我爹进城的特殊之处:第一,他是农民,纯正的中国农民,一日三餐吃的,全是自己一手种出来的;第二,他是文盲。

在陕西老家,左一条小河,右一条小溪,随便在地下一挖,便会汩汩地流出清泉来。这里不像陕北,是不缺水的,也不缺烧水的柴火。但是至今我也不明白,为什么当年老家的人都不太爱洗澡。

我在故乡生活了好多年,天天一身汗,日日两脚泥,但是认真烧水洗澡的次数,两只手就能数清。

从上海出发去西安之前,我与小青为我爹准备了一套新的线衣、线裤、袜子、围巾。接到我爹之后,我扯住我爹的袖子闻了闻,并没有闻到想象中的异味。我爹说:"你嫌我臭吗?"我说:"你不但不臭,还挺香的。"那是庄稼的香味,我爹的床上铺着麦草,长时间睡在麦草上,身上便会带着麦草的气息。

| 伍 | 情感篇

　　我爹告诉我，为了不让人嫌弃，来西安的前一天晚上，他在家里烧水洗过澡了，还换上了一套有些破旧却浆洗干净的衣服。

　　我还是打开宾馆的水龙头，调好水温，准备好毛巾，把我爹关进了浴室，让他再好好地冲洗一下。我说："你不要误会，冲一个热水澡是可以解乏的。"

　　听着从浴室里传来的哗啦啦的流水声，我想，在过去，我爹见过的水都是从地下冒出来的，如今第一次站在花洒下边，体会到水从头顶倾泻而下的感觉，一定是十分新奇的。他应该闭着眼睛，撩着温暖的水流，搓着自己，泡着自己。

　　过了十几分钟，当我打开浴室门的时候，面前的场景让我感到既生气又好笑。我爹并没有如我想象的那样赤身裸体，也没有扬起脸摆出一副享受的样子。他仍然好好地穿着衣服，只把裤腿挽到膝盖，光着一双脚丫子，像站在一条小河里。

　　我说："赶紧脱掉衣服吧！"我爹不好意思地朝四周看了看。我说："除了你儿子，又没有别人，你怕什么？"我想去帮忙，被我爹躲开了。我说："你是不是不好意思？那这样吧，我把灯关掉。"

　　浴室没有窗户，关上灯之后，仿佛进入了黑夜。我听到一阵窸窸窣窣的声音，再次把灯打开的时候，灯光猛烈地照在我爹身上，似乎射向他的不是灯光，而是一股冲击力强大的水柱。我爹一时没有站稳，摇摇晃晃地差点儿摔倒。我打开洗发水和沐浴液的瓶子放在我爹的手边。在离开浴室之前，我笑着告诉我爹："别害怕，好好搓一搓吧！"

　　来到上海，我爹入乡随俗，做的第一件事儿还是洗澡。我爹有了在西安宾馆里洗澡的经历，除了不适应在人面前脱衣服，已经不怎么忸怩了。但是他不会用热水器，也不会调节水温，更重要的是，在我妈去世后的三十年中，没有人给他搓过一次背，他最为孤单的就是后背了。他内心孤单的时候，还可以想想远方的儿子，或者面对鸡和猪嘟囔几句，但是后背发痒的时候，如果不让别人帮忙，他自己是搓不到的。我们这些游子与老爹一样，在外漂泊这么多年了，有谁给我们搓过背呢？每次一个人洗澡的时候，每个人都会十分悲凉地把手伸向后背，可是总也搓不到那个刺痒无比的地方。

我放好了水，对我爹说："爹呀，我给你搓搓背吧。"我爹躲了躲，夹着双腿把自己深深地藏在水中。如我想象的一样，我爹的后背上，结了一层厚厚的嘎巴儿，那是汗水不断地流出来又不断地晾干之后形成的。它是黑色的，呈椭圆形，有巴掌那么大，像贴上去的一块膏药。

我撩起温水，浇在我爹的背上，让那块嘎巴儿慢慢地软化，但是毕竟黏附的时间太久了，那块嘎巴儿像伤疤一样，与皮肉紧紧地连在一起。它与伤疤又不一样，伤疤是永远也搓不掉的，但是随着我一遍遍地搓洗，那块嘎巴儿越来越薄了，通红的皮肤慢慢地露了出来。

在给我爹搓去"孤单"的同时，我细细地打量了我爹的身体。我爹的双肩由于扛过太多重物，呈现出两个"V"字；我爹的脖子由于长期暴晒，已经变成黑褐色；我爹的胸骨一根根翘起，像在胸腔里藏着一把把刀子，似乎稍微一用力就会刺出来，看上去是那么触目惊心；还有他的腹部、胸部、背部和腿部，几乎布满了形状各异的伤疤——有采药的时候被树枝划的，有砍树的时候被刀子砍的，有挖地的时候被铁锨铲的，有收割的时候被庄稼茬子扎的。

伤疤是白色的，与磨出来的茧子交织在一起，最后在我爹的身体上绘成一幅神秘的图案。

我说："你身上像文了身一样。"

我爹说："什么是文身？"

我说："也像一幅地图。"

我爹说："哪里的地图？"

我一边给我爹搓背，一边想：这确实是一幅地图，不是陕西地图，也不是上海地图。它是一幅只属于我爹的塔尔坪地图，是上天用各种各样的生活工具以文身的方式，在我爹的身心上绘出的苍凉的人生地图。

爱情，一场勇敢者的游戏

沈奕斐 / 文

爱情常被视为一种超越理性的存在，它迷人的一面就是它的感性和激情，可一旦爱上一个人，你可能会吃醋、不自信、讨厌自己，甚至失控。因此，与甜蜜爱情相伴而生的是对自我的失控，甚至有人会发现自己都不认识自己了。爱情带来了巨大的不确定性——不确定伴侣会不会一直爱我，不确定自己是否值得被爱，不确定两个人能否持续地走下去，等等，成为今天人们考量爱情和婚姻关系的障碍。

在过去社会发展较慢的时代，人们的生活非常稳定，追求爱情是获得不确定性和非凡人生的一种途径与体验。然而，不确定性本身就是现代社会的一个重要特征。社会每时每刻都在发生变化，年轻人已经身处不确定性非常强的环境中，他们更希望在日常生活中抓住一些确定性的东西，以此获得安全感。

选择单身的年轻朋友强调享受独处和单身的生活。他们通过消费获得自我的独特性，从而解决自我认同的问题。而仍然想要进入真实婚恋关系或已经身处婚恋关系中的人，则试图通过一些量化的指标来增加婚恋的确定性。比如，相亲时交流彼此的学历、户籍和财产状况，以期保障未来婚姻生活的质量等。

为了避免那些不确定性，年轻人把爱情变成一个确定性的东西，这个方向其实在本质上与爱情是背道而驰的，越是这样就越难获得理想中的浪漫爱情。我们需要明白，爱情在今天变得越来越"不合时宜"，它有非常多的不确定性，也很难追求效率，甚至不能"以成败论英雄"，所以，爱情越来越成为勇敢者的游戏。

但我鼓励大家尝试做这样的勇敢者。因为绝对的安全，意味着没有任何挑战或发展。在一个不确定的社会里去追求确定性，只有一条路：尽量保持不变，以减少和外部的连接。可是这样的话，你的世界会变得很小、很单一。在这个充满不确定性的当下，爱情真正的目的是让你踏上寻找自己的旅程，通过碰撞，不断塑造自己，与他人建立连接，然后打开你的世界，打开你对生活的想象，体验有趣的人生。

更为重要的是，亲密关系对今天的我们而言变得越来越重要。贫穷时，一碗大排面、一件暖和的大衣都能让人感觉到幸福；富裕时，锦衣玉食不再带来巨大的幸福感，人们甚至开始通过"断舍离"来寻求内心的平衡。这时，能让人感受到幸福的，就是人与人之间的亲密关系，而爱情就是让人感觉快乐和幸福的途径之一。所以，爱情虽然很难，但依然有人在孜孜追求；爱情虽然麻烦，但依然有人乐此不疲；爱情虽然不稳定，但它依然具有永恒的意义。

你就是他

狮 心 / 文

我奶奶今年九十岁了。

她的两只耳朵重度耳聋,要凑近了喊,才能听到。她的膝盖有骨刺,不能走太多路。

她一辈子生活在上海的郊区,听不懂普通话,只能说上海郊区的土话。

对了,她还不识字。

因为奶奶听力不好,打电话给她时,我会特意用手遮一下下面的送话器,因为这样,电话里的声音会大很多。

如果有人对她说话,奶奶只能"啊?啊?"地反问。她问得多了,别人就不耐烦了,比如我爷爷。

至少在外人看来,我爷爷对我奶奶的态度特别差,经常凶她。

奶奶胆子小,害怕,就找了一个诀窍,就是"嗯,是的,是的"回答。

但她其实什么都没听到。

她每天在家待着,自己有一个菜园,种一些野菜,到了中午,就坐下来看电视。

她不识字,看不懂电视屏幕下面的字幕;她听不懂普通话,就不知道剧中人在讲什么,只能看一看画面。

所以,我奶奶看得懂的只有一类节目,就是很多人嗤之以鼻的跳水闯关节目。

她看到有挑战者被机关打下水,就特别开心。爷爷不喜欢看这类节目,就出去打牌。

下午,我奶奶做饭,爷爷回来,吃顿饭还挑三拣四,骂骂咧咧。

我为此和爷爷沟通了好几次,但没什么用。

有一天晚上,我回爷爷家,敲了很久的门,都没人来开,我以为两个人都睡了。

于是,我就趴在窗边确认,看到电视机开着,里面播放着电视剧,爷爷正在我奶奶耳边解释电视剧的剧情,在她手上比画。

小老头人前凶巴巴的,没人的时候,却轻声细语地,像在教一个小学生。

后来,我才知道,他大声说话,是希望奶奶听见。

我们表面上很关心奶奶,对她"友善",其实很多话到嘴边都吞下去了。因为在潜意识里,我们认为她听不到。

只有这个小老头骂骂咧咧,甚至有时候恼羞成怒。因为他想要她听见。

说句实话,两个人如果百年了,我希望奶奶先走。

如果爷爷先走了,奶奶就只能活在一个人的世界里。她看不懂电视在演什么,听不懂别人在说什么;走两步膝盖就会疼,也走不远。

本来她的世界就很小，如果爷爷先走了，她就什么都没了。

真心喜欢一个人是什么体验？

我觉得，爷爷奶奶最初在一起，可能不是因为爱情。但是，他们相处五六十年后，多少会发生点化学反应吧。

我爷爷不喜欢看跳水闯关类节目，但偶尔打牌也会爽约。等节目开始了，他也会叫上我奶奶，两个人一起看。

年轻人谈恋爱大体也是如此吧。

有好吃的东西，第一时间给她吃；有好笑的笑话，第一时间讲给她听；有什么糗事，也希望她来骂骂自己。

人生这场冒险，就算是些边角料，你都想双手为她奉上。

我想，真心喜欢一个人，你会微笑着成为他的嘴巴、他的鼻子、他的耳朵、他的眼睛……因为你就是他。

要多少爱才能换回安全感

陈艳涛 / 文

在熟悉《红楼梦》的读者眼里，一直都有三个林黛玉。

一个是刚进贾府时小心翼翼，不敢多行一步路、多说一句话，唯恐被人耻笑的黛玉。她极聪明谨慎，处处观察，事事周到。此时的黛玉，是谨言慎行、温文妥帖的淑女。

一个是"孤高自许、目下无尘"的黛玉。在贾府生活了几年，黛玉变成了一个带点儿幽默和戏谑感的"小刺猬"，敏感自尊，说话尖酸刻薄。

还有一个黛玉，是对苦命的香菱耐心引导、谆谆教诲的诗词老师，是对空降而来的宝琴温柔宠溺的姐姐。

黛玉为什么会有三种截然不同的表现？

首先是因为成长。黛玉在成长中所经历的种种，会让她反思、领悟，但让黛玉改变的另一个重要的原因，是安全感。

假如黛玉有父母在身边，也许她的不安全感就不会如此强烈。她和湘云都觉得父母双亡让她们即便"忝在富贵之乡"，也有许多不遂心的事。

作为孤女,她自卑敏感,作诗时常有伤感之语。黛玉此时敏感而悲观的性格并不是来源于她的真实境遇,而是源自她的内心感受。

就境遇而言,她比同样父母双亡、在叔叔婶婶家做活做到半夜的史湘云要好很多,更不必说同样是投靠贾府、困窘到大冷天要当掉棉衣的邢岫烟了。

第二个阶段的黛玉,开始展示出真性情,也是因为安全感。贾母的疼爱和宝玉无微不至的体谅和爱护、安稳富足的生活环境,都在慢慢弥补孤女黛玉缺失的安全感。所以此时的她,敢于向众人展露她的锋芒。

第三个阶段,黛玉开始变得平和、温暖,这也是因为宝玉给了她爱的信心和安全感。在第三十六回"识分定情悟梨香院"后,宝玉懂得了爱情,是"各人得各人的眼泪"。在经历漫长的相互试探和猜疑之后,宝玉"诉肺腑",说"你放心",用一以贯之的体贴和真情,给了黛玉爱情的定心丸。有了感情上的安全感之后,黛玉渐渐放松下来,变得温柔、温暖起来。

而宝钗的"兰言解疑癖"打消了黛玉的疑虑和心防,薛姨妈的"爱语慰痴颦"让黛玉感受到贾母和宝玉之外的温暖情谊。她开始试着去感受潇湘馆之外的广博世界,开始试着去给予和接纳,开始变得温暖与平和。

黛玉的变化,向我们展示了人性之丰富和复杂。我们常常不知道自己的某个选择,会给孩子的性格带来多大的影响。很多人希望自己的孩子懂事、听话、善解人意,却不知道这背后,也许是孩子压抑的自我和缺失的安全感。

| 伍 | 情感篇

　　我们不知道，在孩子往后的人生中，要辛苦摸索多久，才能不再有心理阴影，才能让生活充满阳光。我们永远无法计算，要多少爱，才能换回珍贵的安全感。

谁多看了你一眼

南在南方 / 文

　　想起一个故事，说的是思想家王夫之年老多病时，有朋友来看他，朋友走时，他站在门口说："恕不远送，我心送你三十里。"

　　朋友觉得王夫之就是客气一下罢了，走了十来里地，忽然想起有东西忘记拿了，于是返回，只见他还站在门口。

　　远去的，只要愿意，都可以目送。落日可以目送，小船可以目送，流云也可以目送，当然，还有背影。每一个背影的前面，都有一个亲爱的、清晰的面容。面容用来盛欢笑，而背影用来粘连目光。

　　记得很久以前，我读到这样一句话："你走，我不送你；你来，无论多大的风多大的雨，我都要去接你。"那时，我刚刚知道有一种情感叫不舍，也明白有一种情感叫相聚；那时，我喜欢重逢的盛大。再到后来我觉得，送别才是盛大的事情。送别的地点不一定非是车站、码头、机场，而是你离开的地方，我目送的地方。

　　目送聚焦的大多是背影，但也有静默相对的时候，就像我和祖父。

　　祖父去世前一天，他坐在矮圈椅上，面前有铁制的暖炉，我给他喂婴儿米粉，他吃了几匙，便不肯吃了，抿着嘴摇头，那时他已经不能言语。放下米粉,我给他泡茶,喂他喝了几口,他不肯再喝。我便把茶杯放在暖炉上,他欠着身子将杯子朝里推了推,这是他的习惯,怕杯子摔着了。他坐在那里,一言不发。我坐在那里,也一言不发。间或一只鸡从门口张望,吸引了他,他朝门口瞅一下。某个时候,我看见他忽然有两行眼泪流下来,就用手帕给他擦,好像总也擦不干……那小半天,我坐在他斜对面看着他,像默诵一篇文章。第二天早晨,他就走了。当时,我去医院给他买药,因为前一天晚上他的呼吸有点儿深重,我想也许是有痰。等我回来,他已经走了。

这是一个已知的结果,可是我的悲伤难以自抑,唯想到相对而坐的小半天,方得到有限的安慰。我想,我们算是彼此目送了。

记得小时候去二姑家,祖父要送上二十多里,坐在一个叫楸树垭的山口看着我下一个叫二台子的坡。他坐在那棵有着高大树冠的楸树下,只有我下到坡底,走到另一个山口才能看见。我回望,他在那里;再回望,他还在那里,身上是一件对襟的白汗衫。我转过那个山口时,突然就有强烈的依恋,我转身躲在石头背后,看他慢慢起身,然后消失。

很多时候,因为短时间的相聚,长时间的分离,我们互相感念牵挂,好像没过多久,就阴阳两隔,他在里面,我在外面。再也看不见的背影,像一块黑色的幕布挂在黑夜中。有句话说"情深不寿",想想已经很好了,至少我们在珍惜。

我就想,无论风和日丽,还是风雨交加,如果分别是难免的,那就送别;不能亲往,那就目送。如果他回头,你在原地,他心口便会涌上来些许温热,虽然接下来的路还是要自己走。

三生有幸，四时相守

王立群/文

婚姻最美好的状态是什么？因爱结合，因爱而更爱。携手同心人，立誓"执子之手，与子偕老"，走入婚姻。然而有人走入婚姻，鸡毛蒜皮，磕磕碰碰，遇见路边野花便迷了眼睛，什么誓言，什么爱情，都扔远了，或者不再努力，或者二三其德，"总角之宴，言笑晏晏。信誓旦旦，不思其反"。但是世间总有那样一抹美好，让人坚定前进，一路无悔。夫妻二人，喝点小酒，弹弹琴瑟，"宜言饮酒，与子偕老。琴瑟在御，莫不静好"。保鲜着爱情，慢慢变老。

最是痴情女儿心，一心付与情郎身。对有些女人而言，爱情与婚姻是她一生的事业。凡是事业，便有好有坏，有会经营的，也有不谙此道者。

五代时期冯延巳的《长命女》，诗中的女主人公懂得经营婚姻，懂得保鲜爱情。思想很进步，方法用的则是古代女子常用的表祝愿。"春日宴，绿酒一杯歌一遍。再拜陈三愿：一愿郎君千岁，二愿妾身常健，三愿如同梁上燕，岁岁长相见。"

表达爱情祈愿，最深情的莫过于《诗经·邶风·击鼓》的"执子之手，与子偕老"，细腻缠绵。

最强烈的莫过于《上邪》的"我欲与君相知，长命无绝衰。山无陵，江水为竭，冬雷震震，夏雨雪，天地合，乃敢与君绝"。还有敦煌曲子词《菩萨蛮》的"枕前发尽千般愿，要休且待青山烂。水面上秤锤浮，直待黄河彻底枯。白日参辰现，北斗回南面，休即未能休，且待三更见日头"，感天动地，一发不可收。

最奇特的莫过于《韩非子》中的卫国女。《韩非子·内储说下》记载了一则寓言，说卫国有一对夫妻，他们向上天祈祷，妻子虔诚地默念："希望我无灾无难，希望我得到一百束布。"丈夫听了，感觉很奇怪，怎么还有这么傻的人，谁祈祷不是往大处说呢？其实，妻子发出这样的祈愿，是经过深思熟虑的。她说，我不贪心，我就要这么多，再多你就会去买妾，你就不是我一个人的了，就不能像现在这样陪我了。

卫国的这个女子，不贪、知足。用一种不同于常人的祈愿，隐微道出"愿得一心人，白首不相离"的心愿。

冯延巳的"长命女"，在女子祝愿诗文大会上，或许就是那最简单、最直白、最质朴的一个，乍看上去似乎很不起眼，熟习之后，它又是那样耐看，那样美。

美在何处呢？在于四美合一。

第一美，时间美。祈愿是在"春日"发出的，一年之计在于春，新春伊始，女子发出了她的祈愿。心愿的内容，是她这一年最在意的事情，最重要的事情，伴着和煦的春风，温暖了人心。

第二美，情景美。春暖花开，草长莺飞，夫妻二人，两相为伴，绿酒一杯，诉诉衷情，想想未来，温馨、疏淡。

第三美，文辞美。文辞浅显直白，不加掩饰，只要识字的人都会明白其意思。祈愿简单平凡：一愿夫君长寿，二愿自己安康，三愿夫妻长相守。没有《上邪》的层层排比，没有《菩萨蛮》的激情逼人，却有着烟火气，实在，接地气。就连用的意象，也是家中燕，而非比翼鸟，这就是日常的生活，这才是婚姻的模样。

第四美，音韵美。如同专一的爱情，全词押一韵，韵律和谐，朗朗上口，容易为人记住。

冯延巳擅长写情，擅长写美人，更擅长写时间。

时间很是无情，时间会带走青春，也会带来衰败，甚至会带走纯美的爱情、美满的婚姻。

可以说，时间是爱情与婚姻最大的敌人。当然，时间也是爱情与婚姻最好的见证者。《长命女》对现实生活做了提纯，女主人公在幸福时刻自动过滤了争吵，或者做了提升，恩爱者更要幸福。两个人，三生有幸，四时相守，这便是一生一世的幸福。

我知道你会来，所以我等

沙言/文

稻花飘香的时节，迎来一年中的第二个长假，这个季节的思念和风，都很甜。他归心似箭，从外地购票返湘，年年如此，不是为了秋收，而是为了看望在乡村小学教书的她。

他和她，是中学同学，风华正茂，相知相恋。大学毕业后，一个去了重庆工作，一个留守湘西乡村，湘渝隔山水，异地相思甚苦。

记忆一晃，是10年前了，她刚去乡村小学教书。他坐了一夜的硬座火车，再转乘城乡大巴到了小镇，小镇当时没有直达乡村小学的大巴车，他只好走路前往，30多里路，从炊烟袅袅走到了星星点灯。那一次由于刚下长途火车，小腿肚子发酸发颤，他一个趔趄跌进了稻海。爬起来，搓掉手上的泥，他拖着扭伤了的脚踝，继续在星光下赶路……她也没睡，在星光下等待着他。乡村的夜太安静了，安静得让人心里害怕，她想走出村口迎接他，又担心煨在炉子上的鸡汤熬干了。中秋近了，天上的月亮似乎读懂了人间的思念，圆圆满满地立在树梢上，照耀着天南地北的牵挂。

黎明时分，天光微现，他才走到她跟前。鸡汤还是暖的，爱意浓浓，温润芳醇。

岁月无声，城乡遥遥，两地分居的日子，看上去诗意又漫长，隔着山水迢迢，却又近在咫尺。

他和她结婚成家，甚至有了小孩后，依然还是两地分居，只不过两地的距离渐渐由远及近。他从省外调到州内，去见她，从隔天抵达变为当天能到。

5年，10年，15年……

在即将步入40岁时，他对她说了一些那么多年来没有说出的情话，写了一封那么多年来没有写完的情书，发表在当地的一个公众号上，朴实无华的语言和真诚炽热的情感，感动了无数两地分居的家庭，引起了广大基层教育工作者的共鸣……他对她说："我真想一辈子做你的学生。"这让我想起了沈从文和张兆和，"我知道你会来，所以我等"。又想起了黄永玉和张梅溪，又或者会想起陈渠珍和西原，想起那么多湘西汉子的爱情传奇，在岁月星空里散发着迷人的光芒。

或许是家庭中有太多的琐事和重担，像人间烟火中的尘埃一样，掩盖了他们身上的光辉；或许是生活太多的磨炼和雕琢，使得他们不得不藏起心中的梦想。但是，无论世事如何喧嚣或清冷，在他们心中，对方永远是自己想要的那个模样。

如今，他和她每周能聚一次。他在一座马上要通高铁的小城，她在一个挂在悬崖上的小镇。通高铁以后，他和她几十分钟就能相见。

时代的浪潮澎湃而汹涌，远远地奔跑在人前，飞驰的旋律，难免会遗落一些美丽的音符。他和她，守护着一片共同的星空，那么

|伍|情感篇

安静又那么温良。

人世间浪漫的表白,不是只有"我爱你",还有"我等你"。

爱是相信

罗翔/文

大家非常熟悉安徒生的《海的女儿》,他还有一部类似的作品,叫作《埃格纳特和人鱼》。这个人鱼不是美人鱼,而是雄性的,可以称为"男人鱼"。

故事源自丹麦一个古老的传说。一个名叫埃格纳特的年轻女子经过海边时,一个英俊的人鱼从水中浮现出来。他们两个相爱,然后结婚了。埃格纳特放弃了自己的一切,和人鱼在海浪下生活,并生了7个孩子,一切似乎都很顺利,直到埃格纳特听到教堂的钟声。她回忆起地面的生活,于是决定离开人鱼回到她以前的生活。人鱼成了一个单身父亲,永远思念着他失去的爱。

丹麦哲学家克尔凯郭尔对这个故事进行了改动,衍生出两个版本。

一个版本中,人鱼是诱惑者,但在赢得少女埃格纳特的爱情后,他深受感动,可是他并不相信自己爱情的纯粹。所以,他在绝望中选择放弃,独自沉入海底,并希望女孩相信自己从来没有爱过她。如果他当时能够真诚地相信自己会永远爱这个女孩,这种真诚的相信本就可以让他从人鱼变成人,但是因为他的怀疑与绝望,他永远失去了自己的最爱。

另一个版本的人鱼也是诱惑者,他召唤着埃格纳特,希望将女孩带入大海并毁灭她。人鱼让少女坐在自己手臂上,问女孩是否愿意随他一起去大海。如果女孩有半点怀疑,人鱼的诡计就可以得逞,他就可以在海中毁灭女孩。但是女孩选择绝对相信人鱼的爱情,她没有害怕,没有怀疑,将自己的命运交给了人鱼。没想到人鱼崩溃了,他无法抵制纯真的力量。最后在波涛汹涌的大海中,人鱼绝望地离开了女孩。

安徒生的版本是一个现实主义的爱情故事,因为世俗的偏见、门第的差异、种族的不同,最初的爱情在日复一日的辛劳中慢慢变质。

克尔凯郭尔的版本则是虚无主义与理想主义的爱情故事。在克尔凯郭尔的第一个版本中,人鱼因为拒绝彻底相信爱情,无法坚持理想而让爱情成为虚无。这是一个虚无主义的版本。

在克尔凯郭尔的第二个版本中,女孩选择彻底相信爱情,她的理想主义保护了她不被诱惑者毁灭。这是一个理想主义的版本。

所有的相信其实都是一种选择。如果你选择相信爱与美好,人鱼就会变成人,不可能的事情就会成为可能,爱情的所有障碍都会消除。同时,你的理想主义也许能保护你不被毁灭。如果你拒绝相信爱与美好,那么你就只能在黑暗的海底体味绝望与痛苦,或者成为被诱惑者毁灭的猎物。

真正的爱是走心的,它不仅仅是肉体的愉悦,也不是单纯的算计,更不是一种感觉,它更多的是命运赋予的一份美好的责任与期待。

什么才是优质的婚姻

刘璐/文

一

我和秦先生认识5年,结婚3年,我们俩有很多一致的地方,比如都不喜欢商场里憋闷的感觉,受不了售货员的跟随;同样脆弱的肠胃对海鲜自助、高级日料等"大餐"接受无能;对去电影院也不是很热衷。

情侣间的传统约会项目,我们都不感兴趣。但我们依然把业余生活安排得丰富而有意义:带上手机逛菜市场,参考食谱上面列出的食材进行采购。采购完毕,一起钻进厨房研究、折腾。管他端出来的是卖相味道俱佳的大餐抑或是黑暗料理,只要彼此相伴,吃起来就觉得无比美味。

夏日傍晚,一人手拿一罐饮料,在阳台上席地而坐,晚风送来远处植物的味道。一起看万家灯火渐次亮起,看天空从天蓝变成彩色再变成深蓝。

周末背上包,去博物馆转转,穿越岁月的长河,去触摸另一个时空,感受历史的积淀。历史在眼前一页页翻过,而身边站着的人,

|伍|情感篇

却仿佛是永恒的,这种奇妙的感受,我们共同体会。

优质的婚姻,就是两个人能玩到一起,有共同的兴趣爱好,对生活有一样的期许。我们三观相近,兴趣相投,共同努力赚钱,又一起痛快玩乐,在繁华尘世里携手并肩,以轻松潇洒的姿态面对未知的命运。

二

儿子小宝出生后,有一段时间,老爸过来帮忙照料。我发现,老爸只要一有空,就给老妈发微信语音,仔细汇报每一天的琐事。而老妈每天晚上必然要给老爸打一个电话,说说单位里发生的事,和自己的身体情况。连我也不由得打趣老爸:"都老夫老妻了,还天天打这么久的电话。"后来,老妈身体欠佳,老爸坐立难安,两个人的通话频率更高了。去医院怎么坐车,挂哪个医生的号,到哪里挂号,老爸都要再三给老妈交代清楚。等老妈看完病,再仔细询问检查结果,时时挂念着老妈的病情。

我以前一直没觉得爸妈的感情有多好,因为两个人常会因为琐事起争执。但这次,我终于明白,老爸老妈在经历了生活的坎坷以及磨难之后,感情基础依然深厚,他们心中最挂念、最惦记的人,就是对方。他们辛苦操劳半生,在日复一日柴米油盐的浸染之下,早已结为一个密不可分的整体,心意相通,血脉相连。

优质的婚姻,就是不管距离多远、结婚多久,我的所有想法与感受、顾忌与希冀,都想要第一时间与你分享,我们永远有说不完的话。只有你懂得我的软肋,也明白我的坚强,只有你能触碰到我心底最柔软的地方。

三

爷爷久咳不愈,结果检查出肺部有阴影,医生建议进一步检查,全家人在忐忑等待中,得到了最终结果:良性,可以手术处理。在家人的耐心劝说下,保守的爷爷终于同意手术,将肺切除了一小部分。手术后,一根管子一直插在爷爷的身体内,用以排出肺部积液。

由于爷爷年迈,经历了这种创伤比较大的手术,恢复起来会相对慢一些。后来,爷爷的肺部又有一些感染,虽然使用了抗生素治疗,但还是会反复发烧。病痛的折磨,加之住院时间有些久,爷爷的情绪不是很好。于是,我们就商量把奶奶从家里接到医院。

奶奶刚进病房,就搬个小板凳坐在爷爷身边,拉着爷爷的手仔细端详。一直不怎么说话的爷爷,此刻如同受了委屈的孩子一般,向奶奶诉说自己的种种不适。奶奶连忙宽慰:"手术这么成功,这么大的难关都闯过了,坚持一下就完全康复了。谁没个病没个灾的,咱们勇敢坚持走到最后,孩子们都这么孝顺,好日子还在后头等着呢。"奶奶边说,边拍拍爷爷的手。

说完,奶奶还是不放心,盯着爷爷的眼睛说:"你一定要撑住呀。"那一刻,一贯严厉的奶奶,眼里竟然充满了柔情。奶奶连说了3遍"要撑住",说一次,就对爷爷深深地点一下头,爷爷也像个小孩子似的跟着点一下头。

两个耄耋之年、白发苍苍的老人,久经岁月磨砺的粗糙双手紧握在一起,深情相望。

泪水模糊了我的双眼,为着他们这份跨越半个多世纪的深情。也许,他们当初并不是因为爱情而走到一起,但此刻的他们,经过

| 伍 | 情感篇

了人生的风风雨雨，早已做到"不离不弃，生死相依"。

　　优质的婚姻，就是当你陷入困境的泥沼，无力前行，我依然站在你身旁，给你温暖的鼓励，给你勇气与力量；用尽全力举高希望的火炬，为你照亮前进的方向。

　　愿这样的优质婚姻，可以伴你余生，不但是你生命中最坚硬的盔甲，也是最灿烂的星光。

饭菜凉了

曾 颖/文

一名脱口秀演员吐槽外婆每天催他趁热吃饭,仿佛这个世界上最恐怖的事情就是饭菜凉了,引起全场雷鸣般的掌声。台下都是与他年龄相仿的人,对这句话的认同度之高,可见一斑。

年轻时,我也被这句话催得很焦灼,特别是父母在左等右等反复热菜之后着急地埋怨,让我有时甚至感觉随着年龄的增长,父母的世界萎缩得只剩一张饭桌了,饭菜的冷热成为最重要甚至唯一值得关注的事情。那时候,我会怼父亲:"你难道只对饭菜凉了这件事紧张吗?"

我们对人生的认知,是一个循序渐进的过程。有些感悟,不身临其境尝到酸甜苦辣,是无法明白的。不说生离死别这类大词,就是对饭菜温度这种小事,也是"事非经过不知难"的。

直到女儿的到来,让我也成为一个父亲。上天把她送到我身边,一向对世界漠不关心的我开始在意天气的冷暖,在意路边的小树枝或一块突起的石头,生怕磕碰到孩子,一向莽撞的我开始变得温柔。一向视厨房为畏途的我,开始学着做孩子喜欢的食品,从婴儿时的隔水腺子蛋到幼儿时的双皮奶，再到少年时的天蚕土豆和青春期的煎牛排。我无师自通，学会了做很多女儿喜欢的食物，且往往是女儿闲谈中无意提到的食物，吃饭时餐桌上一定有它的身影。这时，我恍然惊觉，这难道不正是当年父母为我做的？

所谓爱，也许就是你在无意中提到某一种食物，到吃饭时，它已悄悄出现在你面前。而这个过程，其实一点都不简单。

你见过一锅米在火上从虾眼泡开始，到逐渐生出蟹珠泡，再沸腾出一锅浮沫，然后由边沿开始安静，凝结，膨胀，最终聚成一锅洁白芳香的饭的过程吗？那一颗颗饱满晶莹的饭粒上缭绕的，是热气，是香味，是灵魂。你见过一锅排骨，在火与水的作用下，上下翻滚，与冰糖花椒共舞，与八角山柰齐飞，与花生枸杞结伴，在油与火的煎熬里最终成为一道外酥里糯的佳肴的过程吗？送入口中，骨肉立分，吐出口时，骨头上还有一丝儿未散尽的热气，吸引着桌下守候多时的小狗。

温度，是一道菜的灵魂。你如果坐在一盘红烧肉面前，注视着它，由烟香盛放，到暖气尽收，再到温度渐冷，透明的油色变得凝固浑浊，最后到僵硬冰冷。那是一个由欢快到平淡最终归于落寞的过程，那是一个由热切盼望到淡然直至变冷漠的过程。

谁说菜没有知觉？哪一段散落的感情和破败家庭的饭桌上，没有这样一道由热变冷、由期待变失落的菜肴？

渐老的我守在热气腾腾的饭菜前，想象着女儿大快朵颐的样子。听一位川菜大师讲，川菜很看重温度，有一热当三鲜之说。讲究的厨师，对菜的温度，甚至精确到计算上菜步数的地步。我是一个对食物没什么特殊讲究的人，因为对饭桌上那点热气的向往，居然当起了讲究人，学人家定时上菜，并可以精准到和妻儿回家的时间同步。当然，反复问她们回家的时间有点婆婆妈妈的，显得不够爷们儿，但相比于她们得到的那份暖意，我觉得很值。

返乡前和离家后的那一刻

张佳玮 / 文

我在上海那些年,总是在腊月二十九或三十回家。我爸在火车站接上我,先问:"要不要吃馄饨和汤包?""要!"一笼汤包,一碗馄饨白汤加辣,吃得嘴都被黏住了。

一进家门,将身上的衣服都换下,家里自有我以前的衣服,换上。这么一来,我妈才满意:仿佛这才是回家了。

如果来得及,腊月二十九和三十,我会陪爸妈去菜市场采购,顺便跟菜贩们一一道别:"还不回去过年呀?""今天做完,就回去了!""那么新年见!""好,好,新年见!"

除夕那天,我常看着长辈们从早上便开始忙。最早是外婆在厨房指挥,后来外婆年纪大了,就都是我爸妈做了。年夜饭不讲贵,但要厚实、肥美、浓油赤酱、甜。这一顿通常会吃很长时间,五点多上桌,拖拖拉拉地吃,用我妈的话说就是"从前三灶吃到后三灶",经常到七点多,汤凉了,我妈再回锅热一热。春节联欢晚会开始,我们一般是边吃鸡汤泡饭或面,边举家看电视。外婆以前喜欢嗑着瓜子看,后来牙口差了些,改吃水果软糖了。

除夕夜，厚实肥甘的年夜饭，频响的电话，令人眼花缭乱的春节联欢晚会，漫天烟花，便是我记忆中最浓厚的年味。年夜饭岁岁年年相似，所以过年的时候，我总觉得回到了小时候，回到了什么都不必细考虑的时节。

大年初一，早饭是酒酿圆子年糕、稀饭年糕，配上自家腌的萝卜干，求的是步步登高、团团圆圆。

初二初三初四，就得下乡走亲戚了。乡下开宴席，按惯例请师傅来，在院子里支起锅做菜，喧腾热辣，乒乒乓乓。父亲跟叔叔们聊天，母亲和阿姨们拉家常。来探亲的远房亲戚中，有年轻的姑娘红着双手，提着开水为一家家长辈泡茶，一被人夸貌美就红起脸来，转身跑了。

大概，刚回家那两天是最舒服的，与亲人久别重逢，格外欢热。从除夕热闹到年初四，被爸妈牵着，见了太多亲戚，说了太多话，喧腾得有些累了。

到年初五，又该去菜市场买新鲜蔬菜了。回家过年的菜贩，有些也回来开铺子了。大家小别数日，都无比惊喜，彼此道："新年好！恭喜发财！"于是，新的一年开始了。

那时，我总是在年初六或初七回上海。其实我这样的自由职业者，在家待到正月十五也没事，只是觉得，在家太舒服了，会有一种从此离不开的沉溺感——颇像红豆沙年糕，吃得腻甜，吃完犯困，只想睡觉。

于是回到上海，在自己的房间里，拾掇一下，又回到熟悉的那个世界了，又要开始精神抖擞地干活了——但也从那时起，又开始

|伍|情感篇

想念故乡了。

　　最想家的时候,是返乡前和离家后的那一刻。